きのした
魔
KINOSHITA MAHO KOUMUTEN
おまかせ
2
Bunzaburou Nagano
長野文三郎
ill. かぼちゃ

ローザリアまで♥
乗せて下さい♥
（さあ、私の誘惑で逝きなさいっ！
そして馬車に招き入れるのよ！）

今の人、とんでもない
恰好をしていなかった？
見られるのが
快感なのでしょう

今夜はダメ伯爵に
めちゃくちゃにされたい
気分だなぁ♡

私は全方位に
優秀な才女なので

パラディン
竹ノ塚 渉
聖女
今中 美穂

聖弓の射手
小川 由美
斥候《スカウト》
三郷 花梨

CONTENTS

きのした魔法工務店

要塞攻略も
工務店におまかせ

2

Bunzaburou Nagano
長野文三郎
ill. かぼちゃ

KINOSHITA MAHO KOUMUTEN
yousai kouryaku mo
koumuten ni omakase

第一章

王都への帰還

僕たちを乗せたそりは白銀の世界をなめらかに進んだ。
そりに乗っているのはカランさん、アイネ、セティア、僕の四人だ。
国からの召還を受けて、僕らは王都ローザリアへ向かっている。
太陽の光は暖《あたた》かく、風も穏やかだった。
まさに絶好の旅行日和《びより》だけど、僕の心は沈んでいる。

「お寂《さび》しいのですか？」

アイネがそっと僕の手の上に自分の手のひらを重ねた。

「まあ、それはね……。エリエッタ将軍、グスタフやバンプスたちと別れるのは辛らいよ」

みんなで協力して苦労を乗り越えてきたのだ。
この世界でようやく見つけた僕の居場所だったのに、こんなに早くお別れが来てしまうとは……。

KINOSHITA MAHO KOUMUTEN
yousai kouryaku mo koumuten ni omakase

「カランさん、これからもこんなふうに移動が続くのかな?」

「そうでございますね。ご城主様のお力を考えれば、その可能性は大きいです」

自分が有用な人間と認められたのは嬉《うれ》しいけど、あちらこちらを転々とする生活は気乗りがしない。こんなふうにすぐに別れが来てしまうかもしれないからだ。

「そうだ! ご城主様、いつかお屋敷を建ててくださいな」

だしぬけにアイネがそんなことを言った。

「屋敷って、アイネのかい?」

「違います。ご城主様のお屋敷を建てるのですよ。ううん、お屋敷じゃなくてババーンとお城でもいいですね」

「僕の……城?」

「そのとおりです。立派なお城を建てて私をそこで雇ってくださいね。私はずっとご城主様のおそばにいますから!」

「アイネ……」

「うふふ、ご城主様がどんなに没落しても、私がベタベタに甘やかしてさしあげますわ♡」

思わず苦笑してしまったけどアイネの心遣いが嬉しかったし、家や城を建てるというのはとてもすてきな考えだと思った。

だって、僕は工務店なのだから。

「アイネのためにかわいい部屋を用意するよ」

「あ、あ、あ、わ、私も……、ご、ごいっしょ……」

セティアが口をパクパクさせながら僕を見つめている。

「セティアも来てくれるの？」

今度はブンブンと首を縦《たて》に振りだしたぞ。

「だったら使いやすい工房も用意しないとね」

「快適な執務室を希望します。水洗トイレ、プライベートバスルーム、寝室にはウォークインクローゼットも必要ですね」

そりの手綱をとっていたカランさんは振り向きもせずにそう言った。
どうやらカランさんも一緒に住んでくれるようだ。
有能な秘書官が一緒なら心強い。

「うん、そのときがきたら立派な城を建ててみせるよ。キノシタ魔法工務店にお任せあれだ！」

ガウレア城塞からの旅立ちは寂しかったけど、僕には仲間ができたのだ。
もう弱音は吐《は》いていられない。
それに、この世界へ一緒にやって来た同級生の動向も気になるところだ。
みんな、元気にやっているだろうか？
僕は気持ちを切り替えて雪原《せつげん》の彼方《かなた》を見た。
雲一つない群青色の空の下、世界はどこまでも限りなく開けているような気がした。

街道の駅で何度か馬を変え、日が沈む前に僕たちは最初の宿泊地にたどり着くことができた。
ここはガウレア城塞の城下町よりずっと大きくて、ホテルもそれなりに立派だった。

といってもガウレア城塞の自室に慣れた僕にはだいぶ物足りない。

暗いし、お風呂《ふろ》はないし、換気もよくなかった。

もちろんトイレも……。

「部屋を改造したいなあ……」

「ダメです」

間髪を入れずにカランさんに止められてしまった。

「わかっているよ、勝手にやっちゃダメなことくらい。でもさ、せめてトイレだけならいいんじゃない？　このままだとまた便秘になっちゃうよ」

ここには汲《く》み取り式のトイレしかないのだ。

寒い季節なので臭《にお》いはそこまでひどくないけど、僕はデリケートである。

耐えられる限界値は低い。

「それでもダメです。このホテルのオーナーは私のかつての上司です。しかもとんでもなく嫌な野郎です。そんな男の利益《りえき》になるようなことをしてはいけません」

思いっきり個人的な恨《うら》みじゃないか……。

「あした雪原の中で排便《はいべん》してください。それなら臭くはないでしょう」
「そんな恥《は》ずかしいことをしたらアイネが張り切ってお尻《しり》を拭きに来ちゃうよ。ねえ?」
「はい、当然ですぅ♡」

喜んでやってしまうのがアイネの怖いところだ。

「とにかく、ここのホテルのオーナーの利益になるようなことは一切《いっさい》許しません」
「じゃあなんでこのホテルに泊まるの?」
「客として、ホテルの至らぬ点にクレームがつけられるからです」

器《うつわ》、ちっさ!

「まあ、私が出世していびり倒したら役人を辞めましたけどね。それでも新人時代にいじめられた恨みは一生忘れません」

カランさんはクールな顔をして、意外に執念深いことがわかった。

翌日も晴天でソリは快調に雪原を進んだ。
昨晩はカランさんのせいで小だけしか用を足していない。
しばらくすると僕のお腹《なか》がゴロゴロいいだした。
腸の蠕動《ぜんどう》運動が活発になってきたようだ。

「この近くに森はないかな？」

そりを操《あやつ》っているカランさんに聞いてみる。

「森？　ごらんのとおりですが」

見渡す限りの雪原に街道が真っすぐに伸びている。
藪《やぶ》の一つもなく、用を足すために身を隠せそうな場所はどこにもない。
だけど、僕のお腹はもう限界だ。
こうなったら仕方がない……。

「カランさん、ちょっと止めてください！」

そりは雪原のど真ん中で停止した。

近くにはよくわからない大木が一本生えているだけの場所である。

「何をなさるのですか？」

「そりゃあまあ、出すものを出そうかと……」

「その樹《き》にマーキングですか？」

「いえ、大きい方です」

アイネが即座に反応する。

「ついに私の出番ですか？　紙はガウレア城塞から持ってきましたよ！」

セティアは両手で自分の目を隠す。

「わ、わ、私は見ません。ご、ご安心を！」

アイネは鞄《かばん》の中からトイレットペーパーを取り出した。

本当に持って来ていたんだ。

なんて用意のいいメイドなんだろうね。

「でも、それは要りません。言っておくけど、アイネの出番もないからね。だって、ここにトイレを作るから」

カランさんが呆《あき》れ顔で尋ねてくる。

「本気ですか？」

「本気です。カランさんの仇《かたき》のホテルじゃないからいいでしょう？」

「私はかまいませんが、そのトイレの所有権は誰《だれ》になるのでしょうね？」

「さあ。僕にとってはどうでもいいことだよ。それに、作ったものを解体することだって可能だよ。邪魔《じゃま》になるようならどかしちゃうさ」

トイレは二十分ほどで完成した。

ガウレア城塞で作ったみたいな高級仕様じゃないからすぐできたよ。

便座が一つあるだけの小さなトイレだ。

いちおう手洗いの洗面所もつけておいた。

大きな木の下に立てた小さなトイレはなかなか趣《おもむき》のあるものとなった。

三色のレンガを使ったカラフルな風合いで、ゴシック建築を意識した入り口はアーチ形にしてある。

なんだかんだで見た目にこだわってしまうのは工務店の性みたいなものだろう。

我ながらお洒落《しゃれ》なトイレになったものだ。

「それでは、失礼して」

やっぱり清潔なトイレはいいなあ……。

おかげでスッキリすることができた。

けっきょく、その場にいた全員がこのトイレを使った。

なんだかんだで、みんなも城塞のトイレに慣れてしまっていたのだ。

「完全にご城主様に染められていますね」

アイネは嬉しそうに身をよじらせている。

カランさんが洗った手をハンカチで拭きながら質問してきた。

「それで、このトイレをどうします？」

「面倒だから、そのままでいいんじゃない？　せっかく作ったし、旅人が使うかもしれないし……」

あとは野となれって感じで無責任かな？

「旅人はその辺で済ませると思いますが、解体に時間をかけるのもよくないですね。報告書は出しておきますので、このまま出発しましょう」

だがカランさんの予想は外れた。

旅人はその辺で用を足すことなく、このトイレを目指すようになり、荒野のトイレは後にこの地方の名物になるのだ。

ここは異世界初の一般に開かれた水洗便所として名を馳《は》せ、わざわざ遠くから用を足しにくる人が続出するようになる。

すぐ横にあった大木は山桜だったため、春ともなれば周囲に露店《ろてん》が立ち並び、桜の樹の満開の下、トイレには長い行列ができるのだった。

王都へ帰還する旅が続いていた。

日本には三寒四温《さんかんしおん》なんて言葉があるけど、異世界でも寒い日と暖かい日が周期的に繰り返されている。

そんな季節の移り変わりの中でも、今日は特に風が冷たい日だった。

「ご城主様、お洟《はな》が垂れそうですよ。はい、チーン」

アイネがハンカチを鼻に当ててくれた。

僕が青白い顔をして震えているから、嬉しくて仕方がないらしい。

「アイネは寒くないの？」

「ご城主様の情けないお顔を見て、お腹の奥がジンジンしていますので♡」

ダメ男がそばにいればアイネは常に健康なようだった。

凍えそうになりながらも、僕らはステッドという小さな街の駅までたどり着いた。

駅といっても電車が止まるような駅じゃないよ。

ここで言う駅とは、街道に一定間隔で設置された施設のことだ。

駅と駅の間には馬車の定期便が運航されている。

また、疲れた馬に水や餌《えさ》を与えたり、走れなくなった馬を馬車から外して新しい馬に付け替えたり、そんな役割も駅は担《にな》っている。

旅人は駅で休み、宿泊したりもする。

だから、駅にはちょっとしたレストランやバー、ゲストルームなんかもある。

ただ、ステッドは小さな町だから駅舎の規模もそれに準じて粗末《そまつ》だ。

実用一辺倒といった感じで、飾り気のない二階建ての建物になっていた。


駅に着いたのは昼過ぎのことだった。

朝からずっと働かされていたので馬たちは元気がない。

そろそろ付け替えた方がいいだろう。

費用は王国持ちなので遠慮する理由はない。

ところがここで問題が発生してしまった。

「馬がないとはどういうこと？」


薄暗い駅舎のロビーにカランさんの鋭い声が響いた。

気の弱そうな駅舎の職員さんは首をすくめて縮こまっている。

中年の職員さんはカランさんよりずっと年上だったけど、その様子は女教師に叱《しか》られる生徒みたいに見えた。

カランさんが乗馬用の鞭《むち》を握りしめたままなのもよくないのだろう。

まさに女王様の迫力だもん。

異様なほど似合ってはいるけど……。


「先ほど、騎兵隊の皆さんが馬を乗り替えたばかりなのです。そのせいで元気な馬はすべて出はらってしまっておりまして、はい、ぶたないでください、はい……」

「なんとかならないかしら？　こちらにいらっしゃる方は恐れ多くも召喚モガモガ！」


僕は後ろからカランさんの口を押さえて、それ以上しゃべらせないようにした。

無理難題を吹っかけて召喚者の評判を落としたくなかったのだ。

ただでさえ召喚者は怖がられているのだから。

「あはは……、向こうで今後の予定を話し合ってきまーす……」

僕はカランさんの口を押さえたまま職員さんから少し離れた。

「何をなさるんですか、ご城主様?」

「ごり押ししても仕方がないよ。少し早いけど今日はここに泊まらない?」

旅にアクシデントはつきものだ。

カランさんは僕のために交渉しようとしたのだけど、召喚者だからと特別待遇を求めるのは気が引ける。

権力や暴力をかさに威張るのはよくないと思った。

「それでは宿をとることにしましょう。ちょっと、そこのあなた! 今夜はここに泊まるから部屋を用意して」

鞭を握ったままのカランさんに迫られて、職員さんはまたもビクリと体を震わせた。

「そ、それが、お部屋はすべて埋まっておりまして、はい……」

「なんですって！」

「も、申し訳ございません！　ぶ、ぶってくださいぃ！」

カランさんは大きなため息をついた。

「近くにホテルとかはないのかしら？」

「あいにくここは田舎《いなか》でして……、はい……。神殿の礼拝堂なら泊めてくれるかもしれませんが……」

行き場をなくした旅人が神殿の礼拝堂で一夜を明かすというのはよくあることだそうだ。暖房はないけど、雨風がしのげるだけましなのだろう。

「困ったわね。ご城主様をそんな場所にお泊めするわけにはいかないし……」

カランさんの言葉に職員さんが目をしばたいた。

「ご城主様というと、こちらは身分の高い方ですか？」

「ええ。ガウレア城塞城主にして召喚者のキノシタ・タケル様よ」

「召喚者！　……様……」


あーあ、召喚者だって言っちゃったよ。

怖がらせるといけないから、黙っておいてほしかったんだけどなあ。

ほら、とたんに職員さんの顔が土気色になっている。

この土地でも召喚者は怖がられているのだろう。

カランさんに問い詰められているときも、職員さんは怯《おび》えていた。

だけどそれは、どこかに喜びを含んだ怯えだった。

僕にはよくわからないけど、女王様と下僕的な関係に見えたのだ。

ところが、僕が召喚者だとわかったとたん、おじさんの怯えは本物になってしまった。


「こ、こ、これは大変失礼いたしました。お部屋の方は必ず何とかしますので！」

「用意するって、どうするんですか？」

「宿泊中のお客様に出ていっていただきます。召喚者様がお泊まりとあらば、お客様も納得してくれるでしょう」

「絶対にやめてください！」


そんなことをしたら、職員さんだけじゃなく、宿泊客にも恨まれちゃうよ。

もういっそ作ってしまうか。

普通の旅人なら神殿礼拝堂や、駅舎の待合室で夜を明かすのだろう。

だけど僕は工務店だ。

泊まるところがなければ作ってしまえばいいのだ。


「日暮れまでにはまだ時間があるから、空き地に仮設住宅を作るよ。明日になったら撤去すれば問題はないでしょう？」

「ご城主様がそうおっしゃるのならかまいませんが、問題は安全面です。空き地は町の外にしかございません。ですが、そうなると夜盗や魔物の心配があります」

「それなら問題ないよ。セティア、エマージェンシーコールは持っている？」

「は、はい。肌身離さず！」


携帯エマージェンシーコールを起動させれば、ゴーレムの小隊が時空を超えて駆けつけてくれるのだ。

もともとは森の作業場の警備を契約していたんだけど、そちらは打ち切ってパーソナルセキュリティにプランを変更した。

作業場はエリエッタ将軍の別荘としてプレゼントしたからだ。

エリエッタ将軍なら警備なんてなくても山賊を返り討《う》ちにしてしまうだろう。

「盗賊集団くらいならゴーレムが蹴《け》散らしてくれるさ。魔物もある程度までなら平気なはずだよ」

「それでしたら安心ですね。では、適当な場所に建てていただきますか」

「うん、仮設住宅もキノシタ魔法工務店にお任せあれ！」

僕らは町の外まで移動して、適当な空き地を探した。

エルニアの妄想【キノシタなんて】

むき出しの岩が連なる洞窟の中で、人間と魔人が向かい合っていた。

魔人は魔軍参謀フラウダートルの部下である。

一方、魔人に対しても毅然《きぜん》とした態度で臨《のぞ》んでいるのは二十歳くらいの女性だ。

清純そうな顔立ちをした女性だったが、その表情にはどこか陰があった。


「ヤンデール公国のエルニア殿下よ、以上が私からの依頼だ。受けてもらえるだろうな？」

エルニアは悔《くや》しそうに顔を歪《ゆが》める。


「どうせ私に拒否権はないのでしょう？」

「そんなことはない。まあ、拒否すればヤンデール公爵がどうなるかはわからんがな？」

「おじいさまには手を出さないでっ！」

「それもこれもお前次第だ」

「わかりました。キノシタ・タケルという召喚者を監視しましょう……」

祖父《そふ》を人質に取られているエルニアに、なす術《すべ》はない。

両親亡き今、エルニアにとっては唯一の肉親であり、幼《おさな》いころより慈しんでもらった恩がある。

「ですが、どうやってキノシタ内情を探ればよろしいの？」

「そんなことは自分で考えろ。噂《うわさ》によるとキノシタ・タケルは幾人もの美女を周囲に侍《はべ》らせているそうだ。お前も女の武器を使ってハーレムの一員になればいいだろう」

「は、破廉恥《はれんち》なっ！」

生真面目《きまじめ》なエルニアは飛び上がらんばかりに驚いた。

「ふん、手段を選んでいられるのか？　我々は召喚者の情報を欲しているのだ。何としても奴《やつ》の懐《ふところ》に飛び込め。さもなければ……」

「わかりました！　任務は果たします。だからおじいさまを傷つけないで！」

ジョブの力を見せつけて、女にいうことを聞かせる召喚者の話はエルニアも聞いていた。

きっとキノシタ・タケルもそのような召喚者の一人なのだろう。

それならば自分が付け入る隙だってあるかもしれない、エルニアはそう考えた。

だが、それは屈辱的なことでもあった。

場合によっては自分の純潔はキノシタに散らされる恐れだってある。

いや、そうなるに違いない！

キノシタは自分の服をはぎ取り、下着を半分脱がせた状態で卑猥《ひわい》なポーズを取らせるだろう。

おそらく、靴下は履《は》かせたまま……。

そのような状態ですぐに体を触れることはせず、まずはたっぷりと視姦《しかん》するのだ。

そうに決まっている！

エルニアは身震いした。

生真面目なエルニアにとって、その種の男は唾棄《だき》すべき存在だったのだ。


「キノシタなんて死んでしまえばいいのに……」


きっとキノシタは私の髪に触れるだろう。

ゆっくりと撫《な》でたり、指に絡《から》ませたりして弄《もてあそ》ぶに違いない。

それから頬《ほお》に指先を這《は》わせるのだ……。

それから……指は徐々に下へと移動して……。

それから……、それから……。

「お、おい、エルニア嬢よ、なにを考えているのだ？」

「はっ！　な、なんでもないわ」

よく、ヤンデール公国の民は思い込みが激しいと言われるが、エルニアは特にその傾向が強い。

エルニア・ヤンデールの妄想は魔人でさえも引くほどだった。

◇◇◇

ちょうど良い場所が見つかったので、僕はさっそく仮設住宅の建設に取り掛かった。

とはいえ、ここでお世話になるのは一晩限りだ。

時間と魔力はあまりかけられない。

外観は極力シンプルに、間取りも一間でじゅうぶんだろう。

今夜は雑魚寝《ざこね》だけど、合宿みたいで、たまにはこういうのもいいよね。

一晩だけの仮の宿だからお風呂も狭くていいかな?

今日は一人ずつ入ればいい。

トイレは絶対必要だけど、キッチンなどは設けず、ごく簡単な作りにしてしまおう。


キッチンなしのワンルームアパートみたいな家になったので、作業は二時間強で終了した。

「ず、ずいぶん質素な作りですね。い、いえ、非難しているわけではありません」

出来上がったバスルームを覗《のぞ》き込んで、セティアが遠慮がちな感想を漏《も》らした。

「ここに泊まるのは今晩だけだもん。だったら、旅の汚れを流せるだけでじゅうぶんさ」

浴槽は足を折り曲げなければ入れないけど、シャワーはついているのだ。
そのぶん魔力消費は抑えられたから、疲れもほとんどない。
明日も元気に旅を続けられるはずだ。

「さてと、テストを兼ねて先にシャワーを浴びさせてもらおうかな。水量の微調整をしておくよ。アイネとセティアは休んでいて」

一人になると僕はすぐに服を脱いで浴室に入った。
さて、湯加減はどんなものだろう?
栓《せん》をひねると、蛇口《じゃぐち》からは熱いお湯がジャージャーと流れ出してきた。
ちょっと勢いがよすぎるかな……。
熱すぎるお湯は髪にも肌にも悪いそうだ。
低温やけどの恐れもある。
僕は魔力を流し込んで最後の微調整をした。
外は日も落ちてきて気温はどんどん下がっている。
早く温かいシャワーを体に受けたかった。

「よ～し、こんなものかな。さっそく髪から洗っていくとしますか」

「はい、そういたしましょう♡」

「は？」


バスルームの扉が開き、一糸《いっし》まとわぬアイネが入ってきた。


「な、なにやってるの！」

「もちろんお風呂のお世話ですよ。いつもしているではないですか」

「だ、だ、だからと言って……」


確かにアイネにはいつもお世話になっている。

背中を流してもらい、髪を洗ってもらうこともある。

時にはひげをそってもらうことさえあった。

だけどさ、いつもは服を着ているんだよ！

お風呂用の服だから薄いけど、それでもあるとないとでは大違いだ。

ここまではっきりとアイネの胸を見たのは初めてだった。

「こ、困るって！」

視線を逸《そ》らすと、その隙にアイネは僕のそばまで寄ってきてしまった。

狭い浴槽に一緒に立っているので、体はどうしても密着してしまう。

「本当に狭いお風呂ですこと。わざとですか？」

「え……？」

「私とこうするために、このお風呂を作ってくれたのかと思いましたわ」

「ち、違うよ。これはカタログから適当に選んだだけで……」

背中からアイネの腕が伸び、僕のお腹の前で手が組まれた。

そのまま僕はアイネの方へ引き寄せられてしまう。

「アイネ、胸が当たってるって！」

「うふふ、お気になさらないでくださいまし」

無理難題を吹っ掛けられた！

「あら、ボディーソープは城塞と同じものなのですね」

アイネは困惑《こんわく》する僕をよそに手でボディーソープを泡立てていく。

「さあ、きれいにしましょうね」

「いやいや、今日は一人で大丈夫だからさ……」

「アイネのこと、いらなくなっちゃいましたか？」

ちょっと拗《す》ねた口調で話しながらも、アイネは泡のついた手で僕の背中を優しくなぞった。

「っ！」

「本当かしら？　ここは洗ってほしそうでございますよ」

「本当にもう大丈夫だからさ……」

アイネはあっさりと絶対防衛ラインを突破してきた。

「ちょ、ちょっと！」

「カランさんとセティアはお酒を召し上がっています。今のうちにすっきりしてしまいましょうね……」

密着したままアイネは僕の耳に囁《ささや》き続ける。

「私にとってはどちらもご褒美《ほうび》ですわ」

「ど……ち……らもって？　クッ！」

「抵抗を続ける健気《けなげ》なご城主様と、あっさり堕《お》ちちゃうダメなご城主様、どっちも大好きってことです♡」

その後、僕がどうなったか、それは皆さんのご想像にお任せしよう……。

翌朝から、くしゃみと鼻水が止まらなくなってしまった。
どうやら軽い風邪《かぜ》をひいてしまったようだ。

「寒いのに、いつまでもお風呂で遊んでいるからです」

カランさんにたしなめられてしまったけど弁解の余地はない。

世話をしてくれたアイネは平気なのかな？

「アイネは大丈夫？　冷えたりしてない？」

「私は逆に体が熱くなりましたから……」

「そう……」

元気ならそれでいいか。

「ご、ご城主様、赤マムリンドリンクを飲んでおきますか？　元気がでますよ？」

「ありがとう、セティア。でも赤マムリンはいざというときに取っておきたいな。ほら、大量に魔力が必要なときが訪れるかもしれないだろう？」

カランさんも僕に賛成のようだ。

「赤マムリンドリンクは召喚者の能力を大いに高める可能性があるようです。他の召喚者にも効き目がありそうということで、関係機関が大いに注目しています。今後は国が正式にセティアに薬を依頼するかもしれません」

カランさんの言葉にセティアは体を震わせていた。

「そ、そ、そ、そういうのいいです！　いらないです……」

「なんで？　大儲《もう》けのチャンスだよ」

「ほ、ほ、ほ、本当に大丈夫です。せ、製造方法はレポートにして提出しますからもう関《かか》わらないでほしいです」

「どうして？　交渉が苦手なら僕が間にはいってもいいよ。僕も得意なわけじゃないけど、セティアのためなら」

「本当にいいのです。も、もし忙しくなったらご城主様と離れ離れになってしまうかもしれないですし……」


セティアは助けてと言わんばかりに僕を見上げる。

うん、無理強《じ》いはよくないな。

「セティアの好きにすればいいと思うよ」

体調を心配されたけど僕らは予定通り出発した。

日が落ちる前に小さな村にたどり着くことができた。
それはよかったんだけど、今日も宿屋が見つからなかった。
普段の僕ならサクッと家を建てちゃうところなんだけど、今日はそうもいかない。
風邪で頭痛がひどくなって、それどころじゃなくなってしまったのだ。

「村長の家へ行ってみましょう。私が身分を明かせばきっと泊めてくれるはずです」

カランさんは自信たっぷりにそう言ったけど、あっさりと断られていた。

「私は王国の一級巡検士カラン・マクウェルだ。召喚者キノシタ・タケル様を護衛中である。一夜の宿をお借りしたい」
「寝言は寝て言え」

扉はカランさんの鼻先でピシャリと閉じられた。

「あとで見ていなさい！　村長の身辺を調査して、不正があったらきっちり罰をうけさせてやる。あれは叩《たた》けば埃《ほこり》の出る顔をしていたわ！」

相変わらずカランさんの器ちっさっ！

こういうときは普段のクールさが影をひそめるよね。

「たぶん、身分を信じてもらえなかったんですよ。行きのときみたいに騎士の護衛もいないから……」

僕、カランさん、アイネ、セティアの四人では迫力に欠けているのだろう。

ゴーレムがいるという理由で、護衛を断ったのは僕なんだけどね。

ほら、大勢いるとのんびりと旅を楽しめないじゃない？

僕としては気の合う仲間と楽しい旅行がしたかったのだ。

「あの、お困りですか？」

三十代くらいの女性が僕らに声をかけてくれた。

「あ、もしかして泊めてくれます？」

「代金をいただければ……」

親切ばかりではないようだったが、女性の提示してきた宿泊代は相場よりも相当安かった。

ただ、この奥さんはちょっと不安そうでもある。

「あの、本当に異世界人でいらっしゃいますの？　う、うちには幼い娘もいるのです。私も未亡人なので、これ以上妊娠したりは困るのですが……」

「根拠のない嘘《うそ》ですから！」

この土地でも異世界人に対する偏見《へんけん》があるんだなあ。

それでも奥さんは僕らを泊めてくれることになった。

「あれ、ここはお風呂屋さん？」

連れて来られた家は小さなお風呂屋さんだった。

「今日はお休みですが……」

こちらのお風呂屋さんだが、ご主人が亡くなってからお客さんがだいぶ減ってしまったそうだ。

それで、少しでも稼ぎになるのならと、正体不明の僕たちを泊める気になったのだろう。

お風呂屋さんの休憩室みたいなところに通された。

「今夜はこの部屋をお使いください」

挨拶《あいさつ》だけして奥さんは逃げるように去っていく。

「たぶんご城主様を怖がっていますね。ご城主様、妊娠させちゃダメですよ」

アイネが煽《あお》るようなことを言ってくる。

「冗談につき合っている余裕はないよ。もう、体がだるくて……」

「ご、ご城主様、こちらのお薬をどうぞ。よく眠れますので」

セティアにもらった薬を飲んですぐに眠ってしまった。

一晩寝たらスッキリしたぞ！

今日も元気いっぱいだ。

「おはようございます、ご城主様。すっかりお顔の色がよくなりましたね」

「おはよう、カランさん。すごくお腹が空《す》いているんだけど、なにか食べるものはあるかな？」

昨夜はご飯を食べずに寝てしまったのでお腹がペコペコだった。

「パンと牛乳ならあるそうですが、それでよろしいですか？」

「うん、お願い」

お風呂屋の女将《おかみ》さんに焼き直したパンと温めた牛乳をご馳走《ちそう》になった。

食べている間、珍しそうにこの家の娘さんが柱の陰から僕を覗いていた。

まだ小学校一年生くらいの年頃かな？

それにしても視線が気になる……。

「怖くないから、こっちにおいでよ」

「妊娠しない？」

意味をわかって言っているのか？

いや、わかっていないな、これは。

「子どもは妊娠なんてしないんだよ。ほら、これをあげる」

出発前にキャビネットから取り出しておいたチョコレートをプレゼントした。

「うわぁ、ありがとう！　これなら妊娠してもいいね」

「いや、ダメだろそれは。絶対に。ところでお母さんは？」

「お店の準備」

そういえば一人でお風呂屋さんを切り盛りしているんだったな。

チラッと見たけど、公衆浴場としては小さなお風呂だった。

三人も入ればいっぱいになりそうな浴槽だったもんな。

とはいえ、一人で経営するのは大変だろう……。

エルニアの妄想【魅惑のシャワー】

タケルたちが出発した日の昼過ぎ、一人の旅人が同じ村を訪れた。

ヤンデール公爵令嬢エルニアである。

エルニアは通りを急ぐ男を捕まえて質問した。


「この村に異世界人が来ませんでしたか？」

タケルたちの行方《ゆくえ》を追ってここまで来たエルニアは追跡の手掛かりを欲していた。


「異世界人？　ああ、アンタもあのお風呂に行くんだな！」

「お風呂？　そういうわけでは……」

「いやあ、ありゃあ最高だったぜ。異世界人が作った風呂なんて怖かったけど、一度入ったら病《や》みつきになるな」

「異世界人が風呂をつくったのですか？」

「おうよ！　一宿一飯の恩義に報いるためにポーンと風呂を改装したって話だぜ。異世界人っていうのも粋《いき》なことをするんだなあ！」


未亡人のために風呂を改装したという話を聞いて、エルニアは少しだけタケルを見直した。

だが……。

いいえ、簡単に気を許しちゃだめよ、とエルニアは自分に言い聞かせる。

ひょっとしたらお金に困った未亡人を相手に、風呂の改装を条件にいやらしいことを迫ったかもしれないじゃない！

そうよ、そうに違いない！

未亡人は日々の生活に疲れ切っていて、断り切れずに体を許したのね。

きっと亡くなった旦那《だんな》さんに不貞を謝らせながら、キノシタは奥さんを激しく責め立てたんだわ。

なんてゲスなやつ！


「ところであんた、風呂にいかなくていいのかい？」

「へっ？」

エルニアの妄想は村人によって打ち切られた。

「さっそく評判になっているから、早くいかないと順番が来るまでに時間がかかるぜ」

「そ、そうですね……ところでその異世界人はどこにいますか？」

「その人なら今朝《けさ》旅立ったよ」

「あら、そうですか……」


すぐに追いかけた方がいいかとも思ったが、エルニアは風呂に入っていくことにした。

キノシタ・タケルの能力を見るちょうどいい機会と考えたのだ。

そして……。

シャ、シャワーなんて反則ですわ！

あんな気持ちのいいものを作って私を懐柔しようとしてもそうはまいりませんのよ。

私はそんなチョロい女ではございませんの！

エルニアは一人で悶々《もんもん》としながら旅を続けるのであった。

◇◇◇

西部最大の都市ゴートに到着した。

ここでは僕が来ることがあらかじめ知らされていて、ご領主さんに歓待されたよ。

広い館で催《もよお》されるパーティーに招かれてしまった。

きらびやかな衣装に身を包んだ、お金持ちそうな人がそろっている……。

「みなさん、グラスはいきわたりましたか？　それでは乾杯しましょう。我らが英雄、キノシタ・タケル殿に！」

「キノシタ・タケル殿に！」

自分の名前を唱和されてしまったぞ。

うん、気恥ずかしい……。

セティアじゃないけど大広間の隅っこでじっとしていたい気分だ。

「もっと堂々としていてください。ご城主様は氷魔将軍ブリザラスとスノードラゴンを討ち取った英雄なのですよ」

黒のカクテルドレスに着替えたカランさんに叱られてしまった。

改めて見ると、カランさんって美人だよなあ。

凛《りん》とした黒百合《くろゆり》って感じだ。

今夜は僕もガウレア城塞の城主としての正装である。

カランさんに言わせると、こんなのはまだまだ序の口で、王都ローザリアに帰還すればさらに大きなパーティーが待っているらしい。


「だからここは肩慣らしくらいに考えてください」

「はあ……」

「いろいろな頼みごとをされると思いますが、すべて受け流すように。何かを約束するのは絶対にダメです。名士とか紳士とか呼ばれる人間はえてして貪欲《どんよく》なものです」

「わ、わかった……」

「いざというときは国王陛下のお許しがないと、と言えば問題にはならないでしょう。田舎紳士程度なら陛下のお名前を出しておけば無理なことは言いません」


黄門様の印籠みたいなもんだな……。

「あと、女には気をつけてください。ご城主様は後腐れなく遊べるタイプではないでしょう？　不用意な誘いに乗れば厄介《やっかい》ごとを抱えますよ」

「了解。だったらカランさんが僕を守ってよ」

「ご要望があるのならそうしましょう」


なんだかアイドルのマネージャーみたいだなあ。


その晩は飲み慣れないワインを三杯も飲んでしまったけど、思ったよりは美味《おい》しかった。女の子たちからキャーキャー言われてサインをねだられたのは、やっぱり嬉しかったな。モテ期到来？　みたいな感じで、ついつい気が大きくなってしまったよ。

あらかじめカランさんについていてくれるように言っておいてよかったかもしれない。特にナンチャラ夫人とかカンチャラ夫人と呼ばれるアラサーのお姉さんたちにグイグイ迫られたんだよね。

この人たちは隙あらば僕を連れ出そうとしたほどだった。

「すこし風に当たりたいですわ。バルコニーまで連れて行ってくれませんこと？」

だの、

「異世界の殿方はどんなお身体をしているのかしら？　私、とても興味がございますのよ。　このあとお暇《ひま》？」

とか、大きく胸の開いたドレスで迫ってくるのが衝撃的だった。

この世界って不倫がオープンなの？

まあ、そのつどカランさんが撃退していたけどね。

食事会が終わるとご領主さんがカードに誘ってくれた。

僕を気遣ってくれたようなので、ありがたくお受けすることにした。

カードバトルは嫌いじゃない。

「カードですか？　いいですね、デュエルは僕も大好きですよ！　あ、でも、僕のデッキは日本に……。ん？　ああ、カードってトランプですか」

デザインはちょっと違ったけど、こちらのカードは地球のトランプとほぼ一緒だった。

ここでは、これを使ってギャンブルをするらしい。

って、本当にお金をかけるの？

「ギャンブルなんてやったことがないよ」

思わずカランさんに耳打ちする。

「たしなみ程度に楽しんでください。くれぐれも深入りはしないように」

社交界ではこういうのをやらなきゃならないようだ。

これも付き合いというものか。

郷《ごう》に入っては郷に従え、と、国語の山中先生も言っていた。

不安はあるけどやってみるか。

だけど……。

「あの、僕はカードのルールとか知らなくて……」

「では大富豪はいかがです？」

領主さんの言葉に啞然《あぜん》とした。

「大富豪って、あの……？」

「別名、大貧民。異世界からの召喚者がこちらで流行させたカードゲームですよ」

「それなら知っています……」

「では『革命』アリでいきましょう！」


なんだか賭《か》け大富豪が始まってしまったぞ！


「ところで、どうやってお金を賭けるのですか？」

「ゲームのはじめに、大貧民は大富豪に金貨を二枚、貧民は富豪に一枚払うルールです」


なんかそれ、リアルすぎて嫌！


さっそくゲームが始まって九人の紳士淑女《しんししゅくじょ》がテーブルを囲んだ。

最初のゲームで僕はなんとか平民におさまり、金貨を失うこともらうこともなく済んでいる。

それにしても部屋の照明が暗くて手元や場のカードが見えにくいな。

それにこのテーブルもカードが扱いにくい。

「ちょっとよろしいですか。このままだと目が悪くなりそうで……」


魔力を集めて羅紗《らしゃ》を張った大きなカードテーブルを作った。

遊戯室も、キノシタ魔法工務店にお任せあれだ。

テーブルのサイドにはＬＥＤが内蔵されていて、場の雰囲気を盛り上げている。

製作にかかった時間はおよそ五分。

今夜も絶好調。

これで遊びやすくなったぞ。

異世界の皆さんも目をお大事に。

「邪魔になるようなら後で消すので、今はこちらで遊びましょう」


ご領主は大慌てでだ。

「消すなんてもったいない。どうかこのテーブルは私にお売りください！」

「ご領主がもらってくれるのなら、今夜の歓待のお礼にさしあげますよ」

そう言うと会場は大いに盛り上がっていた。

「これが『工務店』の能力……」

「テーブルの上が輝いているではないか……」

ざわめきが遊戯室に広がっている。

「本当にステキ！　ねえ、横でカードを見ていても構わないかしら？」

「ワインのお代わりを持って来てさしあげましたわよ」

ナンチャラ夫人とカンチャラ夫人がまた寄ってきたぞ。

「あ、あんまりくっつかないでくださいね……」

興が乗ってきた僕は金貨を取られないようにカードに集中した。

エルニアの妄想【やり捨てなんて】

領主の館を外から覗く者があった。

タケルの動向を探るヤンデール公爵令嬢エルニアである。

エルニアは中の様子を見て歯噛《はが》みする。

「庶民のために風呂を改装したと聞いて見直したのに、何なのあれは！」

タケルはボンサール夫人とクレニア夫人に挟まれてカードをしている最中だった。

既婚者とおぼしき女性に挟まれてギャンブルだなんて破廉恥はなはだしいわっ！　と生真面目なエルニアは憤慨《ふんがい》する。

やはりキノシタはどうしようもない女好きだったとエルニアは判断した。

気は進まないが明日はその部分を利用して接触してみるしかないだろう。

キノシタは自分にもその魔手を伸ばしてくるかもしれない。

そうなったとき、自分は上手《うま》く切り抜けることができるだろうか？

だが、やらなければ祖父ヤンデール公爵の命はない。

どうせキノシタはあの婦人たちと関係を持つのだろう、エルニアはそう予想する。

不倫なんて許されることじゃないわ。

それなのにキノシタは……。

アイツはドスケベだから、夫婦の寝室でことに及ぶかもしれない。

そうやって背徳感を煽って、ますます興奮するのよ。

そして「旦那と俺《おれ》、どっちが気持ちいいんだ?」なんて聞くのだ。

そうに決まっているわ!

女の方は「そんなこと言えない……」とか言って言葉を濁《にご》すんだけど、キノシタは自分の方が気持ちいいと女が認めるまで激しく攻め続けるのよ。

なんてひどいやつ!


冬の寒さに震えながら、今夜もエルニアの妄想は止まらなかった。


鏡に映《うつ》った自分の姿を、羞恥《しゅうち》と満足感が入り混じる思いでエルニアは見つめていた。

うん、これならいける!

エルニアはそう確信する。

エロいことしか頭にないキノシタのことだ、この姿でヒッチハイクをすれば、必ず私を馬車に乗せるだろう。

人前でこんな姿をさらすのは恥辱《ちじょく》の極みではあるが、あの男の懐に潜るためには仕方がない。

すべては人質になっている祖父のためである。

両親亡き後、たった一人で自分を育ててくれたおじいさまのためなら、私はどんな屈辱にも耐えてみせる。

エルニアはマントを羽織ると、キノシタ・タケルを待ち伏せすべく、街道へ急いだ。


寒風が吹きすさぶ荒野の道でエルニアはタケルの乗る馬車を待っていた。

少し薄着すぎただろうか？

寒さで鼻水が止まらなかったが、ここで撤退すればこれまでの努力が水泡に帰してしまう。

震える太ももをマントの下でこすりながらエルニアは待ち続けた。


（おのれ、キノシタ・タケル、さっさと来やがれですわ！）


心の中で毒付きながらもエルニアは笑顔を絶やさない。

いつ武尊《たける》が現れてもいいように準備万端怠《おこた》りないのだ。

そうやって待つこと二時間。

顔の筋肉が引きつりだしたころになって、待望のときがようやく訪れた。

ガタゴトと車輪の音を響かせながら記憶にある馬車がやって来るのが見えた。

（間違いない、ガウレア城塞の紋章旗がついた馬車だ！　さあ、キノシタ・タケル、私を見て鼻の下を伸ばしなさい！　そして私を馬車に招き入れるのよ！）

エルニアはすかさずマントを取り払う。

それから大きくお尻を突き出して、用意しておいた看板を両手で高く持ち上げた。

もしここに彼女の姿を見た者があれば、その根性に感服しただろう。

上半身は豊かな胸を強調できるぴちぴちのタンクトップ。

下半身はデニム地のホットパンツにブーツといういで立ちだ。

両脇《わき》を晒《さら》した状態で抱える手持ち看板にはこう書かれている。

『ローザリアまで乗せてください♡』

ちなみにホットパンツの下には濃紺のＴバックをはいており、見えないところにも繊細な気配りができるエルニアの職人魂がうかがえた。

（どう、こういうのがいいんでしょう？　私の誘惑光線で逝《い》きなさいっ！）

窓の向こうにいるであろうキノシタにエルニアは挑発的な視線を送る。

馬車はみるみる間にエルニアに近づき……、そして通り過ぎていった……。

次第に遠ざかる馬車の音が青空に拡散していく。

雪原での露出は官能的である以上に痛々《いたいた》しかった。

ショックで一言もしゃべれないエルニアの横を農民の母子が通り過ぎる。

「あのお姉ちゃん服がないよ」

「シッ、見てはダメ！」

エルニアの鼻からまた一筋、新しい鼻水がこぼれた。

（どういうこと……なの？）

エルニアには理解が追い付かない。
目の前にこれほどヒラヒラのいい女がいたのに、どうしてキノシタは喰《く》いつかなかったの？

「お、落ち着きましょう……」

エルニアは力なくマントを羽織り、そのまま沈思黙考に耽《ふけ》った。
私の魅力が足りなかったのかしら？
それとも胸の形が好みじゃなかった？
お尻が大きすぎたのかも……。
わからない、わからない、わからない……。

やがて、冷静な思考は一つの解を導き出した。
これはプレイの一環なのだと。

（いわゆる露出プレイからの放置プレイですわ！）

つまりキノシタは初対面の私をチョロい女だと思って、やり捨てにしたのですわ！
キーッ、悔しい！

きっとあいつはこういうことに慣れているのよ。

そうに違いない！

おそらくあの侍女たちも夜な夜なはしたない格好《かっこう》で公園などに連れ出されているのでしょう。

冷たい目をしたカランとやらも実は調教済み？

一糸纏《まと》わぬ裸の上にコートを着せられて喜ぶ変態なんだわ！

凍えた体を無限大の妄想で温《あたた》めるエルニアであった。

◇◇◇

雪原の中にかなりヤバい人がいた！

顔はよく見えなかったけど、服装はインパクト・メテオ級だったぞ。

「今の人、こんなに寒いのにとんでもない恰好《かっこう》をしていなかった？」

「路上で身を売る娼婦かもしれませんね」

僕はチート能力を授《さず》かったからいいけど、暮らしていくって大変なんだなあ……。


「もどって服を分けてあげた方がいいかな？」

「それには及びません。大変肉付きのよい女でした。生活に困窮しているわけではないでしょう。

おそらく、あれは趣味です」

「趣味であんな恰好を⁉」

「見られるのが快感なのでしょう。もしくはあのような服装が大好きということも考えられます」

「な、なるほど……」

カランさんはバッサリと断定したけど、本当にそうなのかな？

確かに胸やお尻は大きかった気がする。

ぶっちゃけ、ここにいる誰よりもゴージャスな体つきだろう。

だとしたら異世界のコスプレイヤーさん？

それとも単なる露出好き？

困っているようなら、小さな家を建ててあげてもいいくらいなのだけど、趣味というなら放っておいた方がよさそうだ。

今見た人のことは忘れることにして、僕らは旅路を急いだ。

エルニアの妄想【計算どおりですわ】

エルニアは悲嘆に暮れていた。

街道で駅馬を借り、タケルたちを追跡、夜には宿場町で追いついたまではよかったが、その後が最悪だったのだ。

一日を移動に費《つい》やしたせいでお腹が空いていたのだが、食堂はもう閉まっていた。

食料品を扱う店も日暮れ前に閉店している。

しかも町で一軒だけのホテルはすでに満室で、今夜は野宿を余儀なくされてしまったのだ。

「私にどうしろというのですか!」

朝方の露出ですっかり風邪をひいてしまったエルニアは涙をこぼした。

一夜の宿を求めて各家の扉を叩《たた》いたが、病人のエルニアを中へ入れてくれる家はなかった。

こんな状態で野宿をすれば鈍感《どんかん》な……もとい、丈夫なエルニアでも無事では済まないだろう。

「おじいさま、ごめんなさい。私はもう……」

だが、捨てる神あれば拾う神あり、というのは異世界でも共通概念のようで、ボロボロのエルニアに声をかける優しい者がいた。

「あの、何かお困りですか？　泣いているみたいだけど……」

エルニアは顔を上げて顔をひきつらせる。

「キノッ！　ゲフンゲフン、グオアエッ！」

キノシタという名前が口から出かかったが、何とかエルニアはその言葉を飲み込んだ。反動で吐きそうになるがそれもこらえる。

エルニアに声をかけてきたのは仲間を引き連れたキノシタ・タケルだったのだ。

「ひょっとして病気ですか？」

「か、風邪をひいてしまって。それに宿屋が満室で……」

ターゲットを目の前にしてうろたえまくるエルニアだったが、それがかえってタケルの同情心を誘った。

「大変そうだからウチに来ませんか？　一晩でよければ泊めてあげますよ」

「ああう……、でもそんな……」

「見てのとおり女の子ばかりなので怖くないですよ。お姉さん、体調が悪そうだからこのままだとかなり心配で……」

こうしてエルニアは期せずしてタケルの懐に飛び込むことに成功したのであった。

（す、すべて計算通りですわ！）

強がりと大胆な記憶の改ざんはエルニアのもっとも得意とするところだった。

◇◇◇

道で拾ったお姉さんを連れて、夕方に建てた簡易住宅まで戻ってきた。

「ヒッ！　ま、ま、ま、魔物が！」

家の周りを巡回しているセコソックのゴーレムを見て、お姉さんが腰を抜かしている。

「あれは家を守ってくれているセキュリティーです。怖くありませんからね」

「ここは？」

「僕がさっき建てた仮設住宅です。僕は『工務店』というジョブを持つ異世界人で、こういうのが得意なんです。あ、異世界人だけど心配しないでね。人肉を食べたり、僕が傍《そば》にいるだけでその……妊娠したりするなんて噂はせんぶ嘘だから」

「え、ええ……。そのような迷信は信じていませんよ……（嘘だったんだ！　ちっとも知らなかった）」

隊長である騎馬型のゴーレムが挨拶をしてきた。

「おかえりなさいませ、キノシタ・タケル様」

「ただいま。このお姉さんは僕のゲストだから保護対象にしてね。えーと、お姉さんのお名前は？」

「エルニア・ヤンデ……ヤンデレラと申します（危ない、思わず本名をなのるところでしたわ）」

「エルニア・ヤンデレラ様を保護対象として登録しました」

「よろしく。さあ、エルニアさん中に入ってください」


僕らはそろって部屋の中へ入った。

「えっ？　眩《まぶ》しい。それに、暖かい……」


空調をつけたまま外出していたので、部屋の中はじゅうぶん暖かかった。

エルニアさんにとっては予想外のことだったのだろう。

目を見開いて驚いている。


「エルニアさん、お食事は済みました？」

「それはあの……ぐぎゅるるるるる」

お腹の音が正直な答えだな。

「僕らは村長さんのところでご馳走になってきたんです。セティアは風邪薬の用意をしてあげて。僕はパンと缶詰《かんづめ》のスープを温めるから」

「ご城主様、それは私が」

腰を浮かせる僕をアイネが止める。

でも、アイネにはやってもらわなければならないことがあるのだ。

「アイネはエルニアさんの服を洗濯してあげて。男の僕がやったらいろいろと差しさわりがあると思うから。洗濯機の使い方はもう覚えたでしょう?」

本日は家を建てるにあたって洗濯室を用意した。

そろそろ汚れ物が溜《た》まるころだったからね。

乾燥機が一体になった全自動洗濯機を据え付けて、みんなの洗濯をしたのだ。

さすがは木下魔法工務店のオリジナル家電。

一時間ほどで洗濯、脱水、乾燥までしてくれて、服は見違えるほどきれいになった。

見たところエルニアさんの服は雪でかなり湿《しめ》っている。

僕らの分はとっくに終わっているので今のうちに洗濯をしてあげた方がいいだろう。

だけど、ひょっとしたら下着とかも洗濯するかもしれないじゃない？

だったら僕は立ち会わない方がいいと遠慮したのだ。

「エルニアさんは先にお風呂に入って温まってきてよ。その間にいろいろと用意しておくから」

「お風呂でございますか？」

「狭いお風呂だけど我慢してね。でも、まだ震えているし、絶対にその方がいいよ」

エルニアさんはずっと驚き通しで満足に話すこともできないようだった。

エルニアの妄想【キノシタのためじゃない】

用意されたお風呂は温かかった。

タケルの作った風呂に入るのは小さなお風呂屋さんに続いて二回目だ。

前回ほどの驚きはなかったが、凍えた体にはありがたかった。

だが、エルニアに落ち着いて風呂に浸《つ》かる余裕はなかった。

今にも扉が開いてキノシタが入ってくるのではないか、とエルニアは気が気でなかったのだ。


「エルニアさん、助けてあげたんだから、君の体を使って僕の体を洗ってよ？　特にここら辺を重点的にさ！　ぐへへへへっ」


無害な顔で無茶な要求をするのではないのか？

疑心暗鬼になりながら、エルニアは手早く身を清めていく。

キノシタの毒牙《どくが》にかかるとしても、汚れたままというのは嫌だったのだ。


（別にキノシタのためじゃない。これは自分が恥《はじ》をかかないためよ……）

ボディーソープを泡立てて全身をこすると、エルニアの肌は輝きを増した。

（ふん、いつでも来なさい。骨抜きにして、私の言うことはなんでもかなえたくなるようにしてやるんだから。グスッ……）

こうして涙ぐみながらエルニアは待っていたのだが、タケルはいつまで待っても来なかった。代わりにやって来たのはメイドのアイネである。

「エルニア様、着替えをお持ちしました。脱衣所に置いておきますね」

「あ、ありがとう。その……」

「なんですか？」

「キノシタ殿は、その……いつ……」

「ご城主様？　ご城主様ならエルニア様のお夕飯をご準備なさっていますよ。お客様をお迎えできて張り切っているのです」

本当に私のために食事を？

ひょっとして、キノシタは私が考えていたよりずっと優しい人物なのかしら……？

いいえ、騙《だま》されてはダメよ、エルニア。
そんな優しい人物が、毎晩部下と乱パをしたり、不倫を重ねたりするものですか！
そういえば、キノシタはウーラン族の女の子を連れていたわね。
ウーラン族といえば薬草の知識が豊富だわ。
はっ！
そうよ、きっと食事に媚薬《びやく》を盛っているのよ！
悪辣《あくらつ》なキノシタがやりそうなことだ。
無理やりではなく、私からおねだりするようにしむけて、身も心も屈服させる気ね。
そうに決まっている！
わ、私は負けないわ！

◇◇◇

エルニアさんは長湯だった。

「きっとお風呂が楽しいのですよ」

着替えを置きに行ったアイネが言う。

「だったらいいけど」
「エルニア様はご城主様と一緒に入りたそうにしていましたよ」
「そんなわけあるもんか。そういうことを言わないの」
「そうかなあ。なんだかご城主様のことを気にかけていたように見えたけど……」
「それはアイネの勘違いだよ」

まったく、ウチのメイドは何を考えているんだろうね。

扉が開いて、茹《ゆ》でダコみたいに真《ま》っ赤《か》になったエルニアさんが入ってきた。

ちょっと長湯すぎたんじゃない？

「ありがとうございます。おかげさまで温まりました」

「う、うん、それはよかった。でも、すごい汗をかいているよ。お水を飲んだら？」

水差しからグラスにお水を注《そそ》いであげた。

ところがエルニアさんは口をつけようとしない。

「飲んだ方がいいですよ。脱水症状というのはこわいんです」

保険の宮崎先生も言っていたもんね。

「け、けっこうです（来た！　これに媚薬が入っているのだわ）」

「そう？　無理にとは言わないけど、欲しくなったらいつでも言ってくださいね。ではお食事をどうぞ」

「…………（くっ、こちらにも仕込んであるの？）」

どういうわけか、エルニアさんは食事に手を付けようとしない。

「ひょっとして風邪ですか?」

「そ、そうではなくてですね（ダメ、お風呂のせいで喉《のど》がカラカラ。おのれ策士め、こうなることを見越してお風呂に入れたのね。もう限界……）」

エルニアさんはやおらコップを手に取った。

「や、やっぱり、いただきます……」

今度は喉を鳴らして水を飲みだしたぞ。

遠慮なく飲めばいいのに慎《つつし》み深いんだなあ……。

「美味しい……」

「でしょう?　美味しい深層水を特別な力でとりよせているんです。さあ、もっと飲んでください」

僕はグラスにお代わりを注いだ。

「エルニアさんは一人で旅をしているんですか?」

「そ、そうでございます。頼れる殿方もおりませんので……（現在フリーであることをアピールですわ！　あ、キノシタが寝取り趣味ならこの作戦はマイナスですわね……）」

カランさんが質問する。


「ヤンデレラという家名からの推察ですが、ヤンデール公国のご出身？」

「え、ええ……」

「ヤンデール公国ってどこらへんですか？」

「ローザリアとは北東で隣接しています。ここからだとだいぶ距離がありますね」

「そんな遠くから一人旅なんて、危なくないのですか？」

「それは、それなりに……。ですが、私はどうしてもローザリアへ行かなくてはなりません」


この世界の旅は大変なのだ。

魔物も山賊もうようよいるし、道だって整備されていない。

旅は道連れ世は情け、ということわざもある。

目的地も同じで、悪い人でもなさそうだから、一緒に来ないかと誘ってみようかな。

「エルニアさん、もしよかったら僕たちと一緒にローザリアまで行きませんか？」

「ヘイ、喜んで！」

「は……？」

「い、いえ！　あの、……よろしいのですか？」


気のせいかな？

今、０・０３秒で喰いついてきたような気がしたんだけど……。


「もちろんかまいませんよ。女性の一人旅はいろいろと大変でしょう？　馬車は大きいから余裕もあります。ぜひ乗って行ってください」

「ありがとうございます（ふん、チョロいですわね、キノシタ・タケル。もう、私の術中に落ちておしまい？）」


エルニアさんは二十一歳ということで、僕より少しお姉さんだった。

しっとりとした美人なんだけど、たまに挙動と言動がおかしくなるんだよね。

まあ、一緒なのは王都までだしそれでもいいか……。

エルニアの妄想【私のことが好き……？】

エルニアは家じゅうでいちばん広い部屋に通された。

そこは暖かく、清潔で居心地《いごこち》のいい部屋だった。

これほど人間らしく過ごすのはいつ以来だろう……？


食事をさせてもらい、薬まで与えられ、お風呂にも入れてもらった。

先ほど見た箱型の魔導具は洗濯機というそうだ。

最初は自分の服をビリビリに破かれ、裸の状態でキノシタに迫られるかと考えたが、そんなことにはならなかった。

ただ、清潔でふんわりとなった自分の服を返されただけだ。

水にも食事にも媚薬は入っていなかった。

どちらも美味しいだけだった。

私が間違っていた……？

エルニアは自問する。

てっきり女にだらしのないクズ召喚者かと思ったが、キノシタ・タケルは意外にも優しかった。

むしろその辺にいる男よりもずっと紳士だった……。

「バカバカバカ、エルニアの大バカ！　少し優しくされたくらいで靡《なび》いてしまって、この意気地なし！　良心なんてもう、あの日、ヴォルカンの山の中に捨ててきたじゃない！　今さら何よ……」


祖父のためにも非情に徹しようとしていたエルニアだったが、それはとても難しいことだった。

でも、どうしてキノシタは見ず知らずの私にこんなに優しくしてくれるのかしら？

ヤンデレ公爵令嬢はスーパーコンピューターよりも速く自分にとっていちばん都合のいい解を見つけ出す。


もしかして、私のことが好き……？


ヤダヤダヤダ、と、年下とかぜんぜん考えてなかったもの！

わ、悪い気はしませんけど、困ってしまいますわ。

私はキノシタの情報を魔族に流さなければならない立場ですのよ。

言うなれば敵でございますわ。

そ、それなのに私のことが好きだなんて……、そんな……。

ぎゅっと枕《まくら》を抱きしめながらエルニアは悶絶する。

敵対する男女が立場を超えて惹《ひ》かれ合うラブロマンス。
年上令嬢と召喚者による禁断の愛。
許されぬがゆえに二人は燃え上がり、誰もその未来を阻《はば》むことはできない……。
ダメよダメダメ！
今なら間に合うわ、引き返しなさい、エルニア！
でも、キノシタの私を包み込むような眼差《まなざ》しを思い出すと……。
その夜、エルニアの妄想が日付を超えて捗《はかど》ったのは言うまでもなかった。

◇◇◇

旅の仲間にエルニアさんを加えて、僕らはローザリアへ向かった。

ガウレア城塞を出発してもう七日、だいぶ東南に来たので寒さは少し緩《ゆる》んでいる。

街道に雪はなく、ぬかるんだ道を馬車は進んだ。

「ご城主様、前方に町が見えてきました。クラメンツですね」

カランさんが教えてくれた。

ここはガウレア城塞へ行くときにも通った場所だ。

たしか手前に川が流れていて、橋を渡って市内に入っていく構造だったな。

「クラメンツに着いたらお昼ご飯を食べようよ。大きな町だったからレストランくらいあるんじゃないかな？」

お昼はだいぶ過ぎていたので僕らは空腹だった。

「それでは馬車を急がせましょう。すぐにご飯をさしあげますからね！」

エルニアさんは馬車から御者台へ飛び移り、自ら手綱を取って馬車を急がせていた。とんでもないバイタリティーである。

「あそこまでしてくれなくてもいいのに……」

あっけに取られてみていると、アイネが訳知り顔でうなずいた。

「ご城主様、相当な逸材を手に入れましたね」

「手に入れたって、エルニアさんのこと？」

「ええ、あの方はかなり楽しませてくれそうです」

「エルニアさんを物みたいに言っちゃダメだよ。彼女は僕の部下でもないんだしね」

「うふふ、お気づきになっていないようですが、ご城主様はとっくに手に入れているのですよ」

「何を？」

「ヤンデレの心です」

なにそれ、怖い！

ヤンデレってエルニアさんのこと？

「彼女はヤンデール人であって、ヤンデレではないよね？」

カランさんに確認したけど、無表情で首を横に振られてしまった。


街に入った僕らはシラサギ橋を目指した。

町の中心街は川向こうなので食事をするのも橋を渡ってからになる。

ところが橋を目前にして、エルニアさんは馬車を停止させてしまった。

「どうしたの、エルニアさん？」

「申し訳ございません。ですが橋がないのです」

エルニアさんの状況説明がすべてだった。

町の中心街へ行く橋はここしかないのに、橋は跡形《あとかた》もなく消えていたのだ。

僕は近くにいたおじさんにどうなっているか聞いてみた。

「一週間ほど前の大雨で橋が流されちまったんだよ。復旧にはだいぶかかるぜ」

「で、みんなアレを使っているんですね……」


橋が流されてしまったせいだろう。

住民は岸から岸へと張った二本のロープを伝って川を渡っていた。

川幅は二十メートルくらいあり、ただ渡るだけでも一苦労ありそうだ。

「あれは地元のヤクザ者が作ったしのぎさ。渡るのに一回千クラウンだってよ」

「あんな危険なものに千クラウンですか？」


ぼったくりもいいところだ。

安いランチなら二回は食べられる金額だぞ。

「川向こうで大きな市が立つんだよ。こちら側の住民は品物を売るためにも危険は承知で渡らなくてはならないのさ。落ちて亡くなった人もいるけど、渡らなきゃ生活が立ち行かなくなるからなあ」

おじさんの話を聞いていたエルニアさんが声を荒らげた。

「それにしたって危なすぎるではありませんか。あのように小さな子どもまで大きな荷物を背負って渡っているなんて。この街の領主は何をしているのですか！」

「子どもは五百クラウンだから、親に駆り出されているんだろうな……」

「渡し舟とかはないんですか？」

「あるにはあるが、雨が降って増水しているから今日はおやすみだってよ」


で、ヤクザ者が金儲けをしているわけか……。

カランさんが身を寄せてきた。


「橋を渡れば市庁舎があります。こちらの身分を明かせば新しい馬車を用意してもらえるでしょう。ここで馬車を乗り捨てて、吊《つ》り橋を渡りますか？」

「うーん……」


僕らが見ている前でヤクザ者が金を払えない子どもを追い払っている。


「こちとら慈善事業をしてるんじゃねえんだ！　金がないならとっとと失《う》せやがれ」

「お願いだよ、これを夕市に持っていかないと今晩のパンも買えないんだよぉ！」

涙ながらに訴える子どもだったけど、ヤクザ者たちは決して渡らせようとしなかった。

それを見てまたエルニアさんが憤慨している。

「もう見ていられませんわ。私がとっちめてきてやります！」

エルニアさんって情熱的な人なんだなあ。

でも、エルニアさんがもめ事を起こすこともない。

鬼の形相《ぎょうそう》になって、腰のサーベルに手をかけたエルニアさんを止めた。

「僕が橋を作るよ。今日はこの町に泊まることになるけどいい、カランさん？」

「そうおっしゃると思っていました。どうせお止めしても、言うことを聞いてはくれないのでしょう？」

「うん！」


橋梁《きょうりょう》工事も木下魔法工務店にお任せあれだ！

僕は腕をまくって壊れた橋のたもとに手をついた。

住民はロープの方を見ていて、僕に気が付く人はいない。

世の中には雨が降らなくて困っている地域もあれば、急な増水で橋を流されてしまう地域もある。

本当にうまくいかないものだ。

せめて僕が作る橋でここに住む人々の暮らしが安定してくれればいいのだけど……。
大地に魔力を流し込み、まずはしっかりとした土台を作ることにした。
大型車両が通るわけじゃないから鉄筋コンクリートで作れば強度はじゅうぶんかな？
でも、見た目は石造りっぽくした方が街の景観に映《は》えるだろう。
実用性の追求だけじゃおもしろくないからね。
よし、見た目はレトロだけど、強度は最高の橋をかけていくとするか。
橋梁工事もきのした魔法工務店にお任せあれだ。
方針は決まったので、僕はさっそく作業を開始した。
異世界工法を使えば水をせき止める必要もなく土台は順次出来上がる。
魔力を込めて川底に基礎となる橋脚《きょうきゃく》部分を作り始めた。

「な、なにごとだ！」
「み、見ろ！　川底から何かが盛り上がってきているぞ」

異変に気付いた人々が騒ぎ始めたな。
バチバチ弾《はじ》ける紫電と少しずつできてくる橋脚のせいで野次馬《やじうま》が僕を取り囲んでいる。
おや、先ほどヤクザ者に追い払われた子どもがこちらを見ているぞ。
ずいぶん心配そうにしているな。

声をかけておくか。


「もうちょっと待っていてね。もうすぐ橋が出来上がるから」

「え？　橋？」

「ほら、川の真ん中に柱が出てきただろう？　もうすぐあそこに橋が架かるんだ」

「で、でも……俺、夕市までに荷物を届けないといけないから……」

「そっか。だったら、なおさら頑張らないとね」


時刻はお昼過ぎで夕市までには時間がありそうだ。

でも準備などがあるだろうから、もう少し急がないとならないな……。

どうせ作るのなら、交通が滞ることがない、立派な橋にしたい。

交通が滞ることがないように、このような形がよいだろう。


「セティア、赤マムリンはある？」

「ございますが、飲んでも大丈夫ですか？」

「うん、平気だから出してきて」

「で、ですが……」

赤マムリンを飲めば一時的に魔力は上るけど、反動で眠れなくなったりすることもある。

それだけ刺激が強いということなのだろう。

セティアは僕の体を心配してくれているのだ。


「平気、平気。ヘトヘトになるまで魔力を出し切るから、眠れなくなるなんてことはないよ」

これを聞いてアイネは大喜びだ。


「どうぞ精根尽き果てるまで頑張ってくださいませ。後のことはこのアイネにお任せください。ぜーんぶアイネがしてさしあげますからね」

「お手柔らかにね……」


僕は赤マムリンを一気に飲み干して作業を再開した。

やがて橋脚は出来上がり、今度は橋桁《はしげた》をかけていく作業になる。

コンクリートと鋼鉄で作れば、やっぱりキノシタ、千人乗っても大丈夫！

よーし、強度は完璧《かんぺき》だ。

橋桁がかかったら、次は床板と側壁だな。

夜の通行もあるだろうからお洒落な街灯もつけておこう。

側壁に街灯を設置しようとしたら、カランさんに文句《もんく》を言われてしまった。

「ご城主様、必要以上に時間をかけられては……」

「どうせなら、ちゃんとしたものを作りたいんだ。街灯は防犯にもなるんだよ」

この橋での窃盗や痴漢《ちかん》はきのした魔法工務店が許さない！

「まったく、余計なところで生真面目ですね。それも工務店の性とやらですか？」

「そういうこと」

キノシタ魔法工務店は地域の暮らしに貢献します！

次々と出来上がっていく橋を、さっきの子どもが身じろぎもせずに見入っている。

「すごい……」

「工事現場っておもしろいでしょう？　これは『工務店』というジョブの力なんだよ」

「ジョブって、もしかして、お兄さんは異世界人？」

僕がうなずくと、少年はびくりと身を震わせた。

やっぱりこの子も異世界人を恐れているんだなあ。

「僕のことが怖いかな？」

「お、お兄さんは怖くないよ。いい人そうだもん。だけど、中には恐ろしい異世界人もいるって聞いたから……」

悲しいけど、それが事実かもしれないな。

大いなる力は人の心を悪く変えてしまうこともあるのだ。

「おうおう、邪魔だ、邪魔だぁ！」

突然怒声が響き渡り、野次馬をかき分けて人相の悪い男たちがやって来た。

「てめえら、誰に断ってここに橋を作っていやがる！」

ああ、この人たちは両岸にロープを張ったヤクザ者か。

自分たちの商売を邪魔されて怒っているんだな。

「俺たちはクラメンツのご領主様の手の者だぞ。ご領主様の許可も得ず、こんなものを勝手に作りやがって！　今すぐ作業を止めやがれ！」


やれやれ、ヤクザ者の後ろには領主がいたのか。

困っている領民から搾取するなんて悪辣な領主だなあ。

ちらりとカランさんを見ると、心得たとばかりにうなずいてくれた。

「ご城主様はこのまま作業を続けてください。領主には私の方から話をつけておきます」

「お願いするよ。もう少しで完成だから。セティア、赤マムリンのお代わりをお願い」

ところが、荒くれ者たちは僕らが考えるより気が短かったようだ。

中の一人が棍棒《こんぼう》を持って、作業中の僕に向かってくるではないか。


「止めろって言ってるだろうがっ！」


僕のすぐ近くで棍棒が振り上げられた。

まずい、作りかけの橋に大量の魔力を注ぎ込《こ》んでいる最中だから身動きが取れないぞ。

僕は殴られることを覚悟した。

ところが、棍棒は僕の頭に落ちてくることはなかった。

すかさず前にまわりこんだエルニアさんがサーベルを抜いて、その男の鼻先に刃を突きつけていたのだ。

動きが速すぎて抜く手が見えないくらいだったぞ。

「警告は一度だけです。次にキノシタ様に手を上げれば命はないものと思いなさい」

うわっ、男の服が真っ二つに裂け、下着が丸見えだ！

いつの間に切ったんだ？

「うっ…………」

ヤクザ者はしりもちをついてしまい、それ以上襲ってくることはなかった。

エルニアさんがこんな特技を持っていたなんて意外だなあ。

ぱっと見は嫋《たお》やかなお嬢様だからね。

まるで日本の居合術みたいだ。

「エルニアさん、すごいですね」

「お恥ずかしいですわ。でも、抜刀術はヤンデール人の嗜《たしな》みでございますから」

エルニアさんは恥ずかしそうに眼を伏せていた。

そうか、抜刀術はヤンデレの……、いや、ヤンデール人の嗜みなのか……。

僕はまた一つ学ぶことができた。


「よーし、もう少しで完成だぞ！」

ありったけの魔力をぶつけて橋を完成させた。

おかげで馬車用二車線、両側に歩道、街灯までついた立派な橋になったぞ。

しかも最先端の異世界工法技術を取り入れながらも、どこかレトロな雰囲気が漂っている。

「美しい橋ですね」

お、カランさんも褒《ほ》めてくれたぞ。

「石造二連アーチ橋って言うんだ。まあ、中身は鉄筋コンクリート製なんだけどね」

僕は開通を今か今かと待っている少年に声をかけた。

「もう渡っても大丈夫だよ」

「あ、ありがとうお兄さん。俺、二度と異世界人を差別しないよ！」

少年は手を振って走っていった。

周囲の人たちも驚愕《きょうがく》の表情で僕を見ているぞ。

ここで、すかさずカランさんが叫《さけ》んだ。

「異世界からの召喚者、キノシタ・タケル様が民のために橋を作ってくださった。みな、感謝して渡るがよい！」

人々は歓声を上げながら橋を渡っていく。

うんうん、人の役に立つというのはいいことだ。

だけど、僕の方はもう限界だった。

魔力を使い果たして、いつもどおりその場に座り込んでしまった。

「キノシタ様！」

他の三人にとっては見慣れた光景だけど、エルニアさんは僕が疲労困憊《ひろうこんぱい》しているのは初めてだ。ものすごく取り乱しているぞ。


「死なないでキノシタ様！　お願い、何でも致しますから死なないでぇええええ！」

「単なる魔力切れなので死にませんよ」

「そ、そうなのですか？」

「みっともないところを見せちゃったね」

「そんなことは……」


エルニアさんが潤《うる》んだ瞳《ひとみ》で僕を見つめているぞ。

ひょっとして恋心が芽生《めば》えちゃった？

はは、そんなことあるわけないか……。


「それにしてもさっきの輩《やから》、許せませんね。キノシタ様に因縁をつけてきて……。やっぱり一刀のもとに斬り殺してやればよかったかしら？」

瞳孔が開いた状態で宙を睨《にら》んでいるぞ。
ひょっとして殺意が芽生えちゃった？
はは……、そんなことあるわけないか……。

「民のためにこんなに立派な橋を造るなんて素晴らしい行いです。私、キノシタ様を誤解していたのかもしれません……」

誤解もなにも、僕らは知り合ったばかりなんだけどな……？
すかさずアイネがエルニアさんをからかっている。

「あらあら、ヤンデール公国の方は噂どおり惚《ほ》れっぽいのですねぇ」
「し、失礼な！　私はご尊敬もうしあげただけで……そんな……」

エルニアさんは耳の先まで真っ赤だ。

（キノシタ様、ステキ……。ハッ！　ステキじゃないわ、敵よ、敵！　キノシタ・タケルは敵なの、敵！　私は悪の手先なの！　相容《あいい》れぬ二人の運命《さだめ》、涙目。未知の刺激、それは悲劇。ｙｏ～ｙｏ～）

エルニアさんはラップのリズムでなにやらブツブツつぶやいていた。
この人、たまにおかしくなるよな……。

ちなみに、掛けなおしたシラサギ橋だけど、後に眼鏡橋《めがねばし》と呼ばれるようになる。
石造二連アーチ橋が水面に映ると、眼鏡《めがね》のように見えるからだ。
あと、ロープで小銭を稼いでいた領主は左遷された。
カランさんが報告書で中央にチクったからだ。
天網恢恢疎《てんもうかいかいそ》にして漏らさず。
古典の小林先生が言っていたとおりになった。

第二章

宮殿をいじってみよう

ガウレア城塞を出発して十日目。

午後にはローザリアへ到着というところまで僕らは来ていた。

長かった旅もようやく終わりを迎える。

カランさんは相変わらずクールなんだけど、今日は心なしか機嫌がいいように思える。

きっと王都に戻ってこられて嬉《うれ》しいのだろう。


「ご城主様、この先の集落で休憩にしましょう。おそらく迎えの騎士たちが待っているはずです」

「へー、そうなんだ。どうして？」

「ご城主様は七大将軍の一人を倒した英雄でございます。ローザリアでは凱旋《がいせん》パレードが控えているので、その準備のためです」

「そうなの！　なんだか恥《は》ずかしいなあ……」

「王都の住民たちはご城主様がいらっしゃるのを、首を長くして待っているのです。堂々としていてくださいね」

「はあ……」

KINOSHITA MAHO KOUMUTEN
yousai kouryaku mo koumuten ni omakase

人前に出るなんていやだなあ。

そういうのは性に合わない。

勇者ではなく、僕は工務店だからね。

情けなくため息を吐《つ》く僕を見てアイネがほくそ笑んだ。


「ご城主様のそういうところ、大好きですよ。あとで私がたっぷり慰めてあげますからね」

アイネはそう言って怪しい視線を投げかけてきたけど、カランさんがピシャリと跳ね付けた。


「そんな暇《ひま》はありません。凱旋パレードの後は王宮で祝勝会です」

「そんなことまでするの！」

「当然です。祝勝会は王族や諸侯が列席されます。しっかりしていてくださいね。補佐役である私の資質が問われますから。私の出世の妨げになるようなふるまいは厳に謹《つつし》んでください」

「はいはい。カランさんの薫陶《くんとう》よろしきを得ている、立派な召喚者として振る舞いますよ……」

「それでけっこうです」


今日のカランさんは、嬉しそうでもあったけど、ナーバスになっているようでもあった。

迎えだなんて大げさだ、と考えていたけど、本当に僕を迎えるために近衛騎士たちが待っていた。

数にして二百騎と規模が大きい。

馬も騎士も式典用の礼装で派手《はで》に飾り立てていた。

「お待ちしておりました、キノシタ・タケル様。私は近衛騎士団千騎長のヒゲ男爵であります」

名前の通り立派な口ひげを蓄《たくわ》えた騎士が満面の笑みで僕を出迎えてくれた。

「わざわざ、ありがとうございます。でも、これはいったい……」

「もちろん、キノシタ様の凱旋パレードを行うためです。どうぞこちらの馬車にお乗りください」

勧められた馬車は白塗りのオープンスタイルで、あちらこちらに金の装飾が施《ほどこ》されていた。

金ぴかすぎて目が痛くなるほど派手だ。

「すごく立派な馬車ですね。僕が乗ってもいいのかな?」

「当然ですよ。キノシタ様はスノードラゴンと氷魔将軍ブリザラスを討伐したのですから!」

討伐はほとんど偶然みたいなものだけど、褒《ほ》めてもらえるのは嬉しいよね。

男爵は少し寂《さび》しげな顔になって教えてくれた。

「私の弟は氷魔将軍が率いる軍勢と戦って戦死しました。だからキノシタ様は私にとって特別な英雄なのです。今回の護衛役も志願してここまで来ました」

そんな事情があったんだ……。

ヒゲ男爵の話を聞いて、僕も英雄らしく胸を張らなきゃならない気がした。

「さあ、ご城主様、出発いたしますよ」

カランさんに急《せ》かされて、僕は金ぴか馬車に乗り込んだ。

ローザリアの都では大歓迎を受けた。

人々は往来で手を振り、花びらや紙吹雪をまいて戦勝を祝ってくれた。

今さらながら事の重大さを知った気分だ。

王宮に到着すると王様に謁見《えっけん》した。

「キノシタ殿、此度《こたび》のこと感謝いたすぞ」

王様は丸っこくて、人のよさそうな顔をしたおっちゃんだった。
年齢は六十手前くらいだろうか？
想像していたよりずっと親《した》しみが持てるタイプで安心した。

「大功のあったキノシタ殿には伯爵位を遣わす」

王様が宣言すると、周囲の人々が歓声を上げていた。
ずっと僕に付き添ってくれていたヒゲ男爵も自分のことのように喜んでくれている。

「おめでとうございます、キノシタ様。いえ、キノシタ伯爵ですな！」

どれくらいスゴイことなのかよくわからなかったけど、僕は伯爵の地位とマークウッドという領地をもらった。

爵位と領地の価値については後でカランさんに教えてもらうとしよう。

そうそう宮廷魔術師長のラゴナ・エキスタさんにも、感謝と謝罪の言葉を受けたよ。

ラゴナ・エキスタさんを覚えていないかな？

ほら、召喚の儀式を執り行った魔術師長さんね。

僕をガウレア城塞へ送ったのもこの人だ。


「どうかお許しください。このラゴナ、すっかり人を見る目を失っていたようです」

「もういいですよ。僕もガウレア城塞ではいろいろと経験できましたし」

最終的に僕を放り出したりせず、城主の役割をくれたのだから恨《うら》んだりはしていない。


「ところで、僕は今後もガウレア城塞の城主でいいのですか？」

「そのことですが、キノシタ伯爵の任務はいったん解かれます。今後しばらくは、陛下のために働いていただければと存じます」

「聞いています。トイレとお風呂《ふろ》ですね」

王様のためにそれらを作るのはいいんだけど、最近はお風呂とトイレばかりで少し飽きてきているんだよね。

何か別のものが作りたいなあ……。

「リフォームにはすぐ取り掛かります。あと、教えてほしいのですが、僕のクラスメイトたちはどうしていますか？」

「みなさん元気に過ごされていますよ」

それを聞いて安心した。

みんなは各地で活躍して、少しずつ魔物を討《う》ち果たしているとのことである。

今のところ大怪我《けが》をした人や、死んだ人はいないそうだ。

「召喚者の皆さんはたまに都へ戻って休息を取られます。そのうちキノシタ伯爵もお会いになることができるでしょう」

謁見の後は祝宴会になり、百人以上の偉そうな人たちとご飯を食べた。

ぶっちゃけ、ビビり倒していた！

いつも一緒のカランさんも宴席のときは離れていたからね。

当然、セティアとアイネもいない。

エルニアさんとも王都の手前で別れている。
何かあったら訪ねてきてと、僕とカランさんのサイン入りの書状を持たせてあげた。
ひょっとしたら近いうちに再会できるかもしれないね。
エルニアさんはちょっと不思議なお姉さんだったなあ。
気が付くと僕をじっと凝視していたり、虚空《こくう》を見つめてハアハアしていたり……。
基本的には誰《だれ》にでも優しくていい人だったけどね。

大きなステーキを食べていたら、隣に座っていた王様に話しかけられた。
僕を気遣ってか、さっきからいろいろと話題を提供してくれるのだ。
見かけだけじゃなくて、じっさいに人柄もいいのだろう。

「キノシタ伯爵のためにもう一度乾杯をしよう。デザートが来る前にな」

王様はそう言って、杖《つえ》を使って立ち上がった。
あれ、立ち上がるときに顔を歪《ゆが》めて苦しそうにしたぞ。

「陛下、どこか痛いのですか？」
「古傷だよ。昔、戦場で膝《ひざ》に矢を受けてな。冬になるといまだに痛むのだ」

優しそうだからぜんぜんそんなふうには見えなかったけど、王様も苦労をしているんだなあ。

だから杖が手放せないんだ。

「これでも昔は前線で指揮を執っていたのだよ。柄にもなくね」

王様は自嘲的《じちょうてき》に笑っていたけど、僕は立派だと思った。

戦場に立つ恐怖は僕も経験していたから。

そうだ、陛下のためにトイレやお風呂だけじゃなくて、いいものが作れるぞ。

「杯《さかずき》を掲げよ！」

陛下が音頭を取ると、列席者たちは次々と立ち上がった。

「英雄に！」

「英雄に！」

恥ずかしいけど嬉しいな。

僕もつい、慣れないワインを飲み干したよ。

陛下が着席をしたので、僕はさっき思いついたことを提案することにした。

「実は作ってさしあげたいものがあります。えーと、紙とペンが欲しいな……」

侍従さんから紙とペンを借りて、その場でサラサラと建築スケッチをした。

これもレベルが上がったことによる『工務店』の新たな力だ。

以前の僕ならこんなに上手なスケッチは描けなかったよ。

美術の成績は3だったもん。

「こんなものを作ってみたいのですが、いかがでしょう?」

「これは……」

困惑《こんわく》する陛下にコレの説明をしてあげた。

エルニアの妄想【憧《あこが》れのオネショタ】

タケルが国王に建築スケッチを見せているころ、エルニアは城門の外で魔人と接触していた。ちょうど約束の晩だったのだ。

「それで、キノシタ・タケルの能力について何かわかったか？」

尊大な態度の魔人に対してエルニアは事務的に報告を行った。

「あいつには建築の能力しかないわ。危険人物ではないと思う」

そっけないエルニアの態度に魔人は声を荒らげた。

「ならばなぜブリザラス将軍は死んだ？」

「…………」

「まあいい。奴《やつ》の今後の予定は？」

「当面は王宮のリフォームをするそうよ」

「リフォームとは家の改装のことか？」

「ええ、『工務店』というのは、そういったことを引き受けるジョブなんですって」

キノシタ・タケルが卓越した戦闘力を有しているのなら、すぐに前線に送られてしかるべきである。

だが、国王たちはキノシタを手元にとどめおいている。

ならば、キノシタは本当に危険人物ではないのか……？

魔人は思案する。

「聞いた話によると、キノシタは伯爵に叙任されたそうよ。領地は北のマークウッドみたい……」

その地名を聞くと魔人は皮肉そうな笑みを浮かべた。

「マークウッドだと？　ククク、もともとあそこはヤンデール公国の領地ではないか。今は住む者もなくなったようだがな」

お前たちのせいではないか！

エルニアは叫《さけ》びたかった。

平和な森を蹂躙《じゅうりん》したのは魔族であり、それを取り戻したのがローザリアの召喚者たちだ。

ヤンデール公国は没落の憂《う》き目にあっているし、奪還されたマークウッドはすでにローザリア王国に組み込まれている。

魔人はあざけるようにエルニアを挑発する。

「マークウッドを取り返したければ、キノシタに取り入ればよいではないか。交渉次第では返してくれるかもしれないぞ」

魔人はほんの軽口のつもりだったのだが、エルニアは真剣にその可能性を考えてしまった。

交渉次第……？

私が見たところ、キノシタはおそらくオネショタに密《ひそ》かな憧れを持っている。

それは私やカランなどに接する態度で簡単に予想がつくのだ。

あれは姉に甘えたいという密かな欲望を心の底に隠している男の顔である。

間違いない！

となれば、私の覚悟次第で交渉はうまくいくのではないだろうか？

オネショタシチュが大好きなキノシタは必ず私にアプローチをかけてくるだろう。

そのときこそがチャンスだ。

「エルニアさん、一緒に寝てもいいですか？　僕、寂しくて……」

「もう、仕方がありませんね……」

仕方がなくという雰囲気をだしつつも、優しい姉を演出。

これでキノシタはメロメロよ。


「あっ、どこを触っているのですか！　添い寝はしてあげますけどおっぱいに触っていいなんて言っていませんよ」

「ごめんなさい……」

「もう……、そんな顔をしないの。しょうがないから、今夜だけはなんでも言うことを聞いてあげます」


キノシタってかわいいから、ついつい情にほだされちゃうのよね。

たぶん、私のことが大好きだし。

まあ、甘やかすのも嫌いじゃないわ。

少しくらい甘やかしても……。

ハッ！　甘やかしている場合じゃなかったわ。

逆にマークウッドを返してもらわなきゃいけないのだから！
バカ、バカ、エルニアのバカ！
年下の男、しかも敵方の召喚者に本気になってどうするのよ⁉

「お、おい……。いきなりどうしたのだ？」

自らをののしりながら自分の頭を叩き出したエルニアに魔人は困惑した。
ヤンデールの姫は極度のプレッシャーに精神がおかしくなってしまったのだろうか？

「ま、まあいい。引き続き奴と行動を共にして情報を集めよ。どんな手段も厭《いと》うなよ」

闇《やみ》に体を溶かして魔人は逃げるように立ち去った。

◇◇◇

王様は僕の建築スケッチを見て首をかしげていた。

「キノシタ伯爵、これはいったい何なのだろう？　透明な塔が宮殿に取り付けられているようだが……」

「エレベーターというものです。これに乗れば階段を使わなくても宮殿の中を移動できますよ」

「おお！」

陛下はすぐに興味を示して、スケッチに見入っていた。

エレベーターにもいろいろあるけど、今回僕が採用したのはシースルーエレベーターとも呼ばれる透明エレベーターだ。

壁とカゴのどちらもがガラス製で、非常に見通しがよくなっている。

宮殿には立派な庭園があるので、エレベーターからも四季の移り変わりがよく見えるようにと考えたのだ。

陛下は非常に喜んで、その場で建築許可をくれた。

早朝から仕事に取り掛かった。

頼りになるグスタフとバンプスはもういない。

こうなったら新しい社員を任命してしまおう。


「というわけで、アイネとカランさん、よろしくお願いします」

「は〜い」

「どうして私が？　伯爵の助手はセティアではありませんか？」


カランさんは不服そうだ。

「セティアには王都周辺で採れる薬草の調査へ行ってもらっています。だから文句《もんく》を言わずに手伝ってください。制服も貸し出しますので」


『工務店』の新しい力で制服が出せるようになった。

いわゆる作業着ブルゾンとズボンの上下である。

動きやすくて帯電防止機能もついているぞ。

色はシルバーグレーで、白い安全ヘルメットと鋼鉄板の入った安全靴もついている。

どういうわけか、物理防御力とアンチマジック効果の高いプロテクターもついている優《すぐ》れものだ。

さっそく着てもらったけど、二人ともなかなか似合っていた。

「さすがはカランさん。どんな服でも着こなしちゃいますね。経験もないのに現場監督の風格が出ていますよ」

「まあ、私は全方位に優秀な才女なので」

褒められてまんざらでもないようだ。

「カランさんとアイネには寝室の窓ガラスをお願いするね」

作業をしながら僕は領地のことをカランさんに聞いた。

「僕がもらったマークウッドって、どんなところですか？」

「過大な期待はしない方がいい場所ですよ」

「というと？」

「もともと、マークウッドはヤンデール公国の領地でした。しかし魔物に侵攻され、森を焼かれてしまったのです」

「ヤンデール公国って、エルニアさんの故郷の？」

「ええ。マークウッドには焼けた森しかありません。伯爵という爵位には領地がつきものですので、便宜的にマークウッドが与えられたと考えてください」


あれ、おかしくないか？

マークウッドってローザリア王国じゃなくてヤンデール公国の領地だろう。

それなのに僕がもらってしまってもよいのだろうか？


「マークウッドはずっと魔物の支配を受けてきたのですが、数年前にローザリア軍と召喚者が取り戻しました。それ以来ずっと無人の状態が続いているのです」

「ヤンデール公国にマークウッドを返さなくてもいいのかな？」


気になることを聞いてみた。


「ヤンデールは国力を失っており、統治できる状態ではありません。ヤンデール公爵は行方《ゆくえ》不明、ご子息夫妻も戦乱の中でお亡くなりになっています」

「でもさ、そこに住んでいた人たちはどうなるの？　街が復活したら故郷に帰ってきたくなると思うよ。生き残ったヤンデール人たちに土地を返してあげたいなあ……」

「いくら伯爵とはいえ、国土を勝手に割譲するわけにはいかないでしょう。まあ、辺境ではありますが……」

「じゃあさ、僕がすごい功績を立てて、魔族からローザリアの領地を取り戻したらどうなるかな？　陛下はマークウッドをヤンデール人に返すことを認めてくれるかな？」

「あるいはそういうこともあるかもしれません」

「ぶっちゃけ、領地とか要らないんだよね。面倒だし、領地経営なんて工務店の仕事じゃないもん」


本音トークをかますとアイネが僕に抱きついてきた。

「地に足のついていない伯爵がステキ！　今夜はダメ伯爵にめちゃくちゃにされたい気分だなあ♡」


おいおい、それこそダメだろう。

作業着ブルゾンの胸元《むなもと》を開いて誘惑してくるのは反則じゃないか？

安全ヘルメットとおっぱいという、これまでにないシュールさが妙に煩悩《ぼんのう》を揺らしてくるぞ。

もしかして『工務店』特有の性癖だったりして……。

ここで誘いに乗ったら本当のダメ人間になる気がする。

「アイネ、落ち着いて……」

王宮のリフォームが終わったらマークウッドに行ってみるというのもおもしろそうだ。
とにかく今は作業に没頭するとしよう。

エルニアの妄想【私はメス豚】

エルニアはタケルたちを訪ねて王宮へ来ていた。

ヤンデール公国の姫である彼女はローザリアの宮廷にも知人が多い。

タケルとカランの書状もあったので、あっさりと中へ入ることができたのだ。

そうやってタケルたちが作業をしている現場まで来たのだが、エルニアは偶然にもタケルたちの会話を聞いてしまった。


生き残ったヤンデールにマークウッドを返す……？

その言葉にエルニアは全身を戦慄《せんりつ》かせた。

まさか、キノシタ・タケルの口からそんな言葉が出てくるとは思いもよらなかったのだ。


そう、キノシタ・タケルは悪人ではない。

悪人なのは私の方なのだ……。

祖父《そふ》のためとはいえ、私は人間の情報を魔族に流した。

その罪の重さから逃れるためにキノシタ・タケルを悪者にしていたのだ。

そうやって私は少しでも自己正当化しようとしていたのだわ！

なんと醜《みにく》い!!

エルニアの反省と後悔はどこまでも加速していく。

こんな私はメス豚と誹《そし》られるべきなのよ。

そう、醜いメス豚だわ！

そして、縄で縛られて、ムチ打ちの刑に処されればいいのだ!!

キノシタに……、いえ、キノシタ様に……、いえ、タケル様に……、いえ、我が愛《いと》しのタケル様にだったら、むしろそうしていただきたいのっ！

たとえ体は許しても、心だけは渡さないなんて愚かなことを考えていたこともありました。

でも、体ではなく、心を先に持っていかれてしまいましたわ！

もう、魂のレベルで完堕《お》ちですわよ！

決めましたわ。

私はキノシタ・タケル様に一生お仕えしましょう。

友として、こ、恋人として、で、できれば、い、い、い、一生の伴侶として！

あの人のために生き、あの人のために死ぬのです。

タケル様の恩に報いるにはそれしかない！

ヤンデールの道は死ぬことと見つけたり！

それこそが私の生きる道。

間違いない！

感情が高ぶったエルニアはタケルたちが作業している部屋に飛び込んでいった。

◇◇◇

「タケル様ぁああ！　薄汚いメス豚を躾《しつ》けてくださいましぃいいいいいいいいいっ！」

泣きながら飛び込んできたエルニアさんに僕らはドン引きだった。

「え〜っと……、僕は工務店なんで、そういうのは畜産家にお願いした方がいいのではないでしょうか？」

「うあああああああああああん！」

髪を振り乱して泣き叫ぶエルニアさんを落ち着かせるのが大変だった。

ようやく落ち着いたエルニアさんから事情を聞いた。

「つまり、ヤンデール公爵を人質に取られて、魔族に僕の情報を流していたということだね？」

「そのとおりでございます！　さあ、タケル様。罪深い私をぶって！　足蹴《あしげ》にして！　罵詈雑言《ばりぞうごん》を浴びせてくださいましっ！」

「そういうのはいいから……」

ちょっと嬉しそうな顔をしてない、エルニアさん？

僕が仲良くなる女の子は、どうしてそろいもそろってクセが強いのだろう？

「でも、なぜ本当のことを話してくれる気になったの？」

「タケル様の真心に触れて正気を取り戻しました！　この乗馬鞭《むち》でお気のすむまで私のお尻《しり》をぶってください！」

とても正気とは思えないなっ！

この世界の女の子って、日本の女子とはだいぶ違うみたいだよ。

「エルニアさん、もういいからぶってとか言わないでよ」

「こんな汚い女を許してくださるのですか？」

「エルニアさんは汚くないよ。おじいさんのために一生懸命だったのでしょう？」

「タケル様……、なんとお優しい。優しく殺してください」

もう勘弁してくれ。

「新たな病人が現れましたね」

カランさんはクールに酷評している。

「有望株ですわ！　私は大好き」

アイネ……。

「人をそんなふうに言ったらダメでしょ。それより今後をどうするか考えよう。エルニアさん、ヤンデール公爵はどこにいるの？」

「ヤンデールの首都は魔軍に制圧されましたが、ローザリア軍と召喚者によって街はすでに奪還されています」

その話ならさっき聞いたような気がする。

奪還されたと言っても復興には程遠いらしいけど……。

「ただし、魔軍は完全に撤退したわけではありません。七大将軍の一人、岩魔将軍ロックザハットが率いる精鋭が北のヴォルカン山に立てこもって抵抗を続けており、おじいさまはそこに幽閉されています。私も長くそこに閉じ込められておりました」

「ヴォルカン山というのはどんなところ？」

「もともとは魔結晶の採掘場でした。鉱脈は何年も前に尽き、今では廃坑になっております」

戦争のことはよくわからないけど、攻略は難しそうだなあ。

カランさんが情報を補足してくれた。

「ヴォルカンは数ある激戦区の一つです。現在は伯爵の級友方が攻略中ですよ」

「誰が派遣されているの？」

「パラディンのタケノヅカ様、聖女のイマナカ様、斥候《スカウト》のミサト様、それと聖弓の射手のオガワ様の四名です」

小川由美の名前に、僕は少しだけ動揺した。

そうか、由美もいるのか……。

ちょっとだけ気が重いな。

打ち明けてしまうと、小川由美は元カノなんだよね。

短い期間だったけど、付き合っていたことがあるのだ。

しかも、あまりいい別れ方をしていない。

まあ、今さらという気はするけどさ。

それにやっぱり、同級生のことは気になる。

特に今中さんはこの世界に来たばかりのころに僕を助けてくれたし、竹ノ塚だって協力的だった。

戦闘に参加はできないと思うけど、みんなのために快適な兵舎くらいは作ってあげられるはずだ。

「ヴォルカンの坑道はトラップだらけで、攻略は遅々《ちち》として進んでいないという報告が来ております。また、岩魔将軍ロックザハットは防衛戦が得意な魔人で、みなさまはかなり苦戦を強いられているようです」

あいつらも苦労しているんだな……。

「行ってみようか？」

提案するとカランさんに呆《あき》れられてしまった。

「本気ですか？　ガウレア城塞よりもずっと危険なところですよ」

「そうかもしれないけど、クラスメイトのことが気になるんだ。陛下からの依頼を終わらせたら、すぐにヴォルカンへ行ってみるよ」

エルニアさんが僕の手を摑《つか》んだ。

「それでしたら、私もお連れください！」

そうだなあ、エルニアさんのことはどうしよう……。

「エルニアさんは魔人に情報を流さなければならないんだよね？」

「いえ、タケル様の情報はもう流しません」

「でも、それじゃあおじいさんが危ないだろう？」

「それは……」

「今後も情報を流していいよ。どうせ僕の目的はクラスメイトに風呂やトイレを作ってやることだしね」

この程度のことなら敵側に漏《も》れても問題ないだろう。

むしろ、いざというときにエルニアさんがダブルスパイとして役に立ってくれるかもしれない。

エルニアさんはしばらく考え込んでからこんな提案をしてきた。

「でしたら私もハーレムの一員にしてください！」

はあっ？

この人は何をぶっこいているのだ？

「あの、なにか誤解があると思うのですが。僕はハーレムなんて……」

「お隠しにならなくても結構です。わたくし、そういうことにも理解がある方ですから」

そういうことって、どういうこと！

「こう見えて私、好きになった殿方には尽くすタイプなのです。束縛はちょっと厳しめかもしれないですけど、愛する人のためならどんなことも受け入れてしまうので、遠慮なくなんでもおっしゃってください！」

グイグイと踏み込んでくるエルニアさんをなんとか止めた。

「ちょっと待って！　エルニアさん、それは本当に誤解だ」

「でも、じっさいに取り巻きの女性がたくさんいらっしゃるではございませんか……」

カランさんやアイネ、セティアのことを言っているようだ。

「私は国からの命令で伯爵のサポートをしているだけです。恋愛感情や肉体関係はありませんね」

カランさんはドライだなあ。

事実ではあるけど。

「ただの主人思いなメイドですぅ♡」

主人思いねぇ……半分は認めるけど、半分は趣味だと思う。

肉体関係については微妙だけど、黙っておこう……。

「こ、こ、恋人だなんて恐れ多い。じょ、助手として雇われているだけです。そんなことになったら毎日が気絶です。お漏らしの連続です！」

ちょうどセティアが帰ってきた。

久しぶりにムンクの叫び顔を見たな……。

毎日が気絶ってなんだよ。


「そうなのでございますか！　私はてっきり連夜のパーリーナイトかと……」

思い込みが激しすぎる！


「とにかく、エルニアさんは新しいメイドとして僕が雇ったことにしましょう」

「そうやって敵の目を欺《あざむ》くのですね」

「そのとおり。エルニアさんは剣術が達者だから、メイド兼護衛として気に入られたことにするのです」

「承知いたしました」

エルニアの妄想【タケル様のために】

ローザリアの郊外。

エルニアは再び魔人と接触を図った。

「どうだ、キノシタ・タケルの懐《ふところ》に飛び込むことに成功したか？」

「ええ、簡単なものだったわ」

相変わらず事務的な態度を崩さずエルニアは報告した。

「ふむ、どうやった？」

「どうやったもこうやったもないですわ。キノシタは私を一目見るなり告白してきたの」

「なんだと……」

妄想の黒い翼がエルニアの心の中で羽ばたいた。

「君こそ僕が探し求めていた理想の女性だ。僕は君に出会うために時空を超えて召喚されたんだと思う、ですって」

「キノシタがそう言ったのか？」

「ええ、はっきりと、私の目を見て。もう君しか見えない。君がいなければ生きていけないともおっしゃっていましたわね。それからは毎日一緒にいるわ」


魔人は疑わし気にエルニアを見つめた。


「毎日一緒にいて、なにをしているのだ？」

「リフォームよ」

「リフォームぅ？」

「二人で配管を設置したり、照明を取り付けたりしていますの」


エルニアは内緒話を打ち明けるように声をひそめた。

「ここだけの話、ときには鉄骨を組むことだってありますわ。これを手伝えるのは私だけなのです。魔力の弱いアイネやセティアには任せられないって、うふふ……。私はタケル様にとって特別なの」

魔人は困惑気味にうなずいた。

「つ、つまり、上手《うま》くキノシタに取り入れたわけだな」

「ええ、それはもう……」

エルニアは夢見心地《ゆめみごこち》で宙を見つめている。

まるで、すてきなビジョンがそこにあるかのように。

「それならいい。今後も報告を続けるのだぞ」

うっとりとしているエルニアを残して、魔人は闇に消えた。

エルニアは魔人が去ったことにさえ気づいていなかった。

◇◇◇

なるべく早くヴォルカンに出発するため、王様の依頼をせっせとこなしていくことにした。

ここ数日で寝室の窓と照明の取り付けは終わった。

今日はお風呂を作っていく予定だ。

ガウレア城塞のときは何日もかかってしまったけど、今の僕ならもっと短い期間で作り上げることができるだろう。

それに、かわいい社員が二人も手伝ってくれるのだ。

モチベーションは高い。


「じゃあ、エルニアさんとセティア、よろしくお願いします」


本日はこの二人がきのした魔法工務店の社員である。

カランさんはいろいろ仕事があるし、アイネもお掃除などで忙しい。

本当はセティアだけに手伝ってもらおうと思っていたけど、エルニアさんがどうしても手伝わせてくれときかなかったのだ。

公国のお姫様なんて温室の花ってイメージだったけど、エルニアさんは超がつくくらいの働き者だった。

「僕は水回りから始めるから、二人は図面通りに床の製作をお願い。少しでもわからないところがあったらすぐに質問してね」

「承知いたしましたわ。セティアさん、始めますわよ。よろしくお願いいたします」

「は、はい。こ、こちらこそ、よ、よろしくお願いします」


セティアとエルニアさんは二人並んで仕事に取り掛かっている。

思ったより仲良くやっているようだ。

人見知りのセティアだけど、エルニアさんとは馬が合うようでなによりだ。

さあ、僕も温泉の配管に取り掛かろう。

陛下は膝と痔《じ》という持病を抱えているから、特に効能の高い温泉を引いてこないとならない。

次元転送ポータルを使って、よさそうなお湯を引っ張ってくるか……。

レベルが上がって『工務店』の理解度も上がってきている。

どうやら僕は、今いる世界と並行世界をつなぐことができるようだ。

並行世界っていうのは、ある世界（時空）から分岐し、それに並行して存在する別の世界のことなんだって。

だから、とある世界から水を運び入れて、別の世界に注水する、なんてこともできる。

こんな感じで、陛下のお風呂に入れるお湯も、無限に続く並行世界から調達してくるわけだ。

サンプルなどをいくつか取り寄せて、薬師のセティアと相談しながら泉質を決めた。

お風呂に関してはガウレア城塞よりも大きくしてある。

エリエッタ将軍のお風呂より国王のお風呂の方が小さいのはまずい気がしたのだ。

そのへんは忖度《そんたく》しておくのが無難なのだろう。

デザインもガウレア城塞とはかなり違う。

あちらは日本のモダン建築を参考に作ったけど、王宮のお風呂はこの世界のデザインを踏襲する形をとった。

この世界の人々はスケールがでかいものを好む傾向があるようだ。

そこで、これである。


「大きな、ドラゴンですね……」

「す、すごい……」

僕が用意したのは、高さが四・七メートルもある水龍《すいりゅう》の石像だ。

像は円形の浴槽の縁に沿わせて設置してある。

「あれの口からお湯が流れ出る仕組みなんだ」

ほら、温泉などでライオンの口からお湯が流れ出すのがあるじゃない？

ああいったものを巨大にしたと想像してほしい。

水龍とウンディーネの二候補を僕は提示したんだけど、陛下たちは最後まで悩んでいた。

けっきょく、優美さより迫力と威厳ということで水龍が採用されたようだ。

「水龍の爪《つめ》からも細いお湯が流れ出るようにして、こちらは打たせ湯にするんだ」

「肩こりに効くやつですね。大好きでした」

ガウレア城塞を思い出しているのだろう、セティアはうっとりとしている。

「素晴らしいお風呂ですわ！」

「ありがとう、エルニアさん。だけどこれはまだ完成じゃないよ。頼んであるものが届いていなくてね……」

なんて話をしていたら、侍従さんの一人が僕のところへやって来た。

「キノシタ伯爵、ご依頼の物が到着しました」

「ちょうどよかった。さっそく運んでもらえますか？」

侍従たちの手によって運ばれてきたのは直径五十センチを超える薄水色をした透明な玉である。

「これは、トールマリリン？」

「よくわかりましたね、エルニアさん」

「ヤンデール公国は魔結晶の産地でしたから……」

不思議そうな顔をしているセティアに説明してあげた。

「これはトールマリリンと呼ばれる魔結晶の玉なんだ。これを水龍の腹部にはめ込むんだよ」

「わ、わかりました！　そうやって、温泉に更なる魔法効果を付与するのですね」

「さすがはセティアだ」

「そ、そ、それほどでも……。トールマリリンが長期治療の魔法薬に使われることは有名ですから……」

トールマリリンの結晶には筋肉痛や関節痛を和《やわ》らげる力があるのだ。

単なる健康科学ではなく、その力は本物である。

さすがは異世界だよね……。

厳選した温泉に魔結晶の力を加えて、治癒効果を上げようというのが僕の考えだ。

大きなトールマリリンが入手できるか心配だったけど、さすがは王宮だね。

すぐに見つけて購入してきたよ。

これで王様の膝の痛みはかなり軽減されるだろう。

侍従さんたちの手も借りて、トールマリリンを所定の位置に納めることができた。


「ドラゴンに魂がこもったように感じますわ」


エルニアさんの言うとおり、水龍の迫力が増したように思える。

これはおもしろいお風呂になりそうだ。

自画自賛でドラゴンを眺めていた僕にセティアが話しかけてきた。


「と、ところで伯爵、そろそろご準備をなさった方がいいのではありませんか？　こ、今夜はクーネル侯爵家のパーティーに呼ばれているのでしょう？」

「そうだった。でも、また中止されたりしないよね？」

「そ、それは、わ、私にはなんとも……」

少しだけ不思議なことが起きていた。

王都に来てから、僕は毎日のように有力貴族から晩餐会《ばんさんかい》やお茶会への招待を受けている。

どうやら、自分の娘を僕に引き合わせる魂胆のようだ。

言ってみれば、パーティーの名を借りたお見合いのようなものらしい。

僕としては、十八歳の身空で結婚なんて考えられない。

だから、仕事を理由に丁重《ていちょう》に招待をお断りしている。

だけど、中には断ることができないような大物からの誘いもあるのだ。

今夜のクーネル侯爵もその一人なんだよね。

国王の親戚で、この人の機嫌を損ねるのは厄介《やっかい》だと、カランさんから注意されたのだ。

もっとも、厄介なのはカランさんの方ね。

僕には何のしがらみもない。

自分の出世に影響するから、どうか出席してほしいと頼まれたのだ。

面倒だけど、カランさんに頼まれると断れないよ。

なんだかんだで、僕にとってはいちばん頼りになる人だから。

そう言ったわけで、これまでもいくつか出席を決めていたのだけど、どういうわけか招待の話が立ち消えになってしまうということが続いていた。

それも、一つや二つじゃない。

三回連続でそんなことが起きているのだ。

そろそろ作業を終えて着替えようかと考えていたら、書状を手にしたカランさんがやって来た。

「伯爵、クーネル侯爵から謝罪の手紙が届きました。本日のパーティーは中止だそうです」

「また？　まあ、パーティーが中止なら仕事に集中できるけど、どうしたんだろう？」

「クーネル侯爵とご令嬢が急の腹痛のようで……。噂《うわさ》によると、お腹《なか》を下してトイレに籠《こ》もり切りだそうです」

「それはかわいそうに……」

「クーネル侯爵令嬢はかわいい美少女と評判です。残念でしたね」

「それはいいけど、これ、偶然なのかな？」

とても偶然とは思えないけど、どうなっているのだ？

「伯爵、悪い噂が広まっています」

「それは僕に関して？」

「そうです。妙齢の令嬢がいる家がキノシタ伯爵を招待すると、不幸が訪れるというのです」

「そんなバカな……」

これでは庶民の間に広まっている召喚者に対する差別と一緒じゃないか。

だけど、僕を招待した人たちが不幸に見舞われているのは事実でもある。

僕らは困惑して沈黙していたんだけど、作業を終えたエルニアさんが明るい声を上げた。

「タケル様、床のタイルはすべて張り終わりました。次は何をしましょうか？」

「え？　あ、はいはい。次はですねえ……」

エルニアさんは今日も元気に働いてくれている。

ちょっと寝不足みたいだけど、目はらんらんと輝いて元気そのものだ。

あ、今、小さなあくびを漏らしたぞ。

「エルニアさん、ちゃんと眠れていますか？　疲れているのなら少し休憩してください」

「嫌ですわ、恥ずかしいところを見られてしまいましたね。でも、心配なさらないでください。ちょっと眠れなくて、夜中に一仕事しただけですから」

一仕事？

カランさんみたいに書類をまとめていたのかな？

それとも編み物とか？

「それだったらいいですけど……」

「うふふ。わたくし、毎日が充実していますの。とっても幸せ」

そういうエルニアさんは、輝くばかりの笑顔を見せてくれた。

「新しい下剤をセティアさんからもらってこなきゃ……」

エルニアさんの独り言がチラッと聞こえてきたぞ。

もしかして便秘かな?

でも、そんなことを聞いたら失礼だよね。

デリカシーのない男だと思われたくはない。

僕は気を取り直して作業を再開した。

僕たちに時間はなかった。

本当はすぐにでもヤンデール公国へ行きたかったのだ。

エルニアさんはおじいさんのヤンデール公爵を救うという使命があり、僕もそれに協力するつもりである。

救出は困難だろうけど、現地にいる同級生たちに相談すればなんとかなるかもしれない。

実物を見ていないので何とも言えないけど、工務店の力があればトラップを解除ないし、迂回《うかい》できる気がするのだ。

僕の能力とクラスメイトの力が合わされば道は開けるに違いない。

作業中の風呂場で休憩をしていると、カランさんが最新の情報を持ってきてくれた。

「今のところ前線で大きな動きはございません。岩魔将軍ロックザハットはヴォルカン廃坑に立てこもり、ローザリア軍とは睨《にら》み合《あ》いが続いているそうです」

エルニアさんも報告書を覗《のぞ》き込みながらうなずいている。

「ヴォルカン廃坑は深く、全長は三〇キロメートル以上もあるのです。また、要所要所にトラップが仕掛けられているので、召喚勇者たちといえども不用意に入り込めません」

「ということは、攻略には時間がかかるということだね」

とりあえず、王都の仕事を終わらせてからでも間に合いそうだ。

だけど、行動を起こすなら早ければ早い方がいいに決まっている。

「よし、午後も頑張ろう！」

毎日朝から晩まで作業して王様からの依頼をやり遂げた。

さっそく陛下にお披露目《ひろめ》をしたんだけど、心臓の具合が危ぶまれるほど喜んでいるぞ。

「これがトイレ？　これが風呂？　どれも信じられん！」

お供の人たちも目を丸くして驚いている。

陛下は興奮のあまり、さっそく催《もよお》してしまったようだ。

「どれ、ひとつひり出してこよう！」

とか言って、侍従長さんと一緒にトイレへ入っていった。

王様ともなると、トイレのときも誰かと一緒なんだなあ。

カルチャーショックを受けてしまったよ。

カランさんに教えてもらったけど、こんなふうにいつも一緒の侍従長さんはかなりの権力を持っているそうだ。

どうりで高そうな指輪をつけていたわけだ。

「なんなら伯爵のトイレは私がお世話しますよ」

「アイネ！」

「私は権力なんていらないですけどね。単なる趣味ですので」

アイネの申し出は丁重にお断りしておいた。

続いて陛下はお風呂にも入った。

やっぱりお世話係の侍女が三人も一緒だった。

僕もアイネが一緒だから、他人様のことはとやかく言えないね。

場合によってはセティアやカランさんまで一緒のこともあるし……。

ローザリアに戻ってから大きなお風呂は作っていないから、最近はみんなで入ることがなくなったなあ。

アイネだけは強引《ごういん》に押し入ってくるけどね……。

久しぶりに大きなお風呂に入りたいなあ。

平和になったら、静かなところに土地でも買って、屋敷でも建ててみようか？

大きなお風呂のある立派なお屋敷なんて夢みたいだ。

ウォータースライダーを取り付けたらみんな喜んでくれるかな？

ぼんやりと屋敷のことを考えていたら、さっぱりとした顔で陛下がお風呂から出てきた。

そして僕のところまで小走りでやってくるなり、いきなりハグしてきた。


「キノシタ伯爵、ありがとう……」


ボディーソープのいい匂《にお》いがする。

僕は知らなかったのだけど、王様がこんなふうに感謝の言葉を口にしたり、抱擁したりなんてことは滅多にないんだって。

それこそ最大級の賛辞で、これだけで僕は特別な存在であると内外に知らしめることになるらしい。


「気に入っていただけましたか？」

「うむ、最高だった。まだまだ試していない風呂も、シャンプーも、ボディソープも、たくさんあるから次回が楽しみじゃ」

王様は愉快そうに笑っている。

「お風呂に入った後はしっかりと水分をお取りくださいね」

脱水症状は怖いのだ。

一説によると水分をしっかりとることで痴呆《ちほう》症も改善されるらしいぞ。

「たしかに喉《のど》が渇《かわ》いたな。飲み物の準備をいたせ。キノシタ伯爵、余と一緒に飲んでいかれよ」

お茶に誘われてしまったぞ。

そうだ、いいことを思いついた！

「ありがたく頂戴いたします。お茶の準備ができる間、エレベーターをご覧にいれましょう」

「そうそう、それ！　ずっと楽しみにしておったのだよ！」

僕たちは新しいエレベーターに入った。

ガラス張りのエレベーター内は空調が行き届き、過ごしやすい温度と湿度が保たれていた。

少し広めに作ったので、品の良いテーブルや椅子《いす》も備え付けてあり、ちょっとしたラウンジみたいになっているのだ。

王様の住居は二階に集中しているので、エレベーターは現在二階に停止中である。

「これは素晴らしい！　この箱が上に上がっていくのか？」

「そのとおりでございます。どうぞお掛けになってください」

陛下が腰かけると僕は最上階である四階のボタンを押してドアを閉めた。

さすがはキノシタ魔法工務店、不快な振動など一切《いっさい》しないでエレベーターが動き出したぞ。

「おおおおおっ！」

エレベーターが上昇すると、陛下は感動で椅子から立ち上がり、窓ガラスにへばりついた。

「素晴らしい……、素晴らしい眺めじゃ……」

外には所々に雪の残る冬枯れの庭園が広がっている。

ちょっと寂しげな風景だけど、太陽は明るく輝いていて、空は濃い群青色だ。

「陛下、せっかくの眺めですので、ここでお茶をいただきませんか？」

提案すると陛下はすぐ乗り気になった。

「それはいい。ティーセットをすぐにこちらへ運ばせよう」

「それならこちらを」

僕は壁の内線を手に取った。

「カランさん？　ティーセットを四階のエレベーターホールまで持ってくるように指示を出してくれる？」

内線で話していると陛下は不思議そうに僕を眺めた。

「ひょっとしてそれが内線かね？　報告では聞いていたが……」

「お使いになってみます？」

「う、うむ……」

陛下は恐る恐るといった感じで手に取った。

「ん～、誰かあるか？」

これが王様の第一声だった。

これは後の歴史書にも書かれるんだけど、今は関係ないか。

「うむ……、うむ……、わかった。それではクーネル侯爵に代わってくれ」

陛下は次から次へと臣下を呼び出して話している。

大切な話とかではなくて、ただ内線を使ってみたいだけのようだ。

新しいおもちゃを手に入れた子どもと同じだね。

そうこうしているうちに豪華なティーセットが運ばれてきた。

「それでは、最後の機能をお見せしますね」

「まだ何かあるのかね？」

「はい、最上階へのご案内です」

「最上階？　はて、この四階が王宮の最上階のはずだが……」

僕はそっと『R』のボタンを押した。

エレベーターはスルスルと上に上がり、屋根を越えて空中へと躍り上がる。

「こ、これは！」

「キノシタ魔法工務店謹製のスカイラウンジでございます」

三百六十度のパノラマに陛下は小躍りして喜んでいる。

高所恐怖症じゃなく、むしろ高いところが好きなのはあらかじめリサーチ済みなのだ。

壁のすべてをガラス張りにしてあるから眺望はこの上なく素晴らしい。

「素晴らしい！　素晴らしいぞ、キノシタ伯爵！」

僕らはローザリアの街を見下ろしながら、のんびりとアフタヌーンティーを楽しんだ。

◇◇◇

エレベーターができて以来、国王の外出する機会が増えた。

これまでは膝が痛くて階段が億劫《おっくう》だったが、それが解消されたからだ。

また、キノシタ伯爵が用意した温泉もよく効いた。

膝の痛みが軽減しただけでなく、国王は元気まで取り戻したのだ。

その証拠に温泉完成の翌年には第五王女となるマリーナ殿下が誕生している。

この事実は臣下たちに衝撃を与えた。

そして、多くの者がキノシタ伯爵に温泉を引いてくれるように懇願《こんがん》するのだが、それはまた別の物語である。

スカイラウンジは王のお気に入りの場所となり、やがて『天空の間』と呼ばれるようになる。

そして『天空の間のゲスト』という単語は、特別な客という宮廷隠語にもなっていくのだった。

第三章

ヴォルカン攻防戦・準備編

陛下の依頼をこなした僕は、エルニアさんおじいさんが捕《と》らえられているヴォルカン山脈へ向かうことにした。

しかし世の中ってうまくいかないものだね。

困ったことに、陛下も貴族たちも僕がヴォルカンへ行くことに反対してきたのだ。

「余はキノシタ伯爵が心配である。こう申してはなんだが、伯の戦闘力は心許《こころもと》ない。このまま宮廷にいてはくれぬか?」

陛下が親切心から言ってくれているのはわかるけどなあ……。

「伯爵にはぜひ我が邸宅の改装をお願いしたい。料金は言い値で払う。だめであろうか?」

「我が家のパーティーにご参加いただけないだろうか? 孫娘を紹介したいのだよ」

偉い公爵とか貴族たちにもたくさんお誘いを受けたけど、僕は首を縦《たて》に振らなかった。

KINOSHITA MAHO KOUMUTEN
yousai kouryaku mo koumuten ni omakase

「ヤンデール地方では僕の同級生たちが戦っています。おっしゃるとおり僕に戦闘力はありませんが、仲間たちを慰問したいのです。僕だけが宮廷で厚遇を受けているわけにはいきません！」

ちょっと強めにお願いしたら、なんとか要求は通った。

カランさんがそっと教えてくれたけど、僕の機嫌を損ねない方がいい、という判断があったようだ。

その代わり百人もの近衛中隊の護衛が付いてしまった！

隊長は顔なじみのヒゲ男爵である。

こうして、僕は四人の女の子と百人の騎士に囲まれてヤンデール地方へと出発した。

ヤンデールへの道はガウレアへ行くよりずっと太く、整備された道だった。

そのおかげで馬車の揺れも少なく、僕のお尻《しり》も少しは楽な状態になっている。

今のところは……。

「この道は南北交易の主要道路ですから、ローザリア王国でいちばん整備された道と言っても過言ではありません」

ヒゲ男爵が教えてくれた。

なるほど、そう聞いてよく見れば、荷馬車や兵隊さんたちがいっぱい行き来している。

旅人の服装が多様なのも、それぞれの地域性が表れているからなのだろう。

とはいえ、ちょっと街を離れてしまうと、何もない原野や森が続くのはどこでも一緒のようだった。


旅も四日目に入った。

朝からずっと移動を続けて、人も馬もヘトヘトになっていた。

ここは街道の中でもかなりの難所で、三十数キロにわたって人の住む集落はまったくないそうだ。


「あと三十分も歩けば水場があります。そこで休憩にしましょう」


馬車に馬を寄せてきたヒゲ男爵が教えてくれた。

僕の腰やお尻もそろそろ限界がきている。

男爵の言葉は希望そのものだった。


「遠慮なさらずに治癒魔法を受ければいいのです」

「やだ！　みんなの前でお尻を触られたくないよ」

カランさんの治癒魔法は直接患部に触らなくてはならない。

場所を特定するためにお尻をまさぐられてしまうのだ。

「お、お薬を塗ってさしあげたいのですが、や、やっぱり直接見て塗る必要があります。わ、私はかまいません。む、むしろやらせていただければご褒美《ほうび》なのですが……あわわ、本音がダダ洩れしてしまいました」

「ありがとう、セティア。気持ちだけもらっておくよ」

「いっそ休憩なしで移動しませんか？　伯爵がどこまで耐えられるか興味があるなあ。もだえ苦しんで、けっきょく泣きながらお尻を差し出す伯爵とか最高すぎますよ！　ハアハア……♡」

発情メイドめ……。

そんなやり取りをしている間に休憩地点に到着した。

木や下草のない広い空き地で、近くに小川《かわ》が流れている。

馬たちはさっそく川に頭を突っ込み、渇いた喉を潤《うるお》していた。

僕も馬車からおりて凝り固まった腰を伸ばしているとヒゲ男爵がやってきた。

「お疲れ様です、伯爵。少々ご相談があるのですが、よろしいですか?」

「どうしました?」

「次の街まではまだ時間がかかります。いっそこの場所で食事にしようと思うのですが、いかがでしょう?」


自炊か。

騎士たちはお湯を沸かすポットなどを持っているので、紅茶を淹《い》れて携帯したパンでもかじるつもりなのだろう。

でも、それだけじゃかわいそうだな。

僕ももう少しまともなものが食べたい。

こうなったら……。


「三十分ほど時間をもらえませんか? いいものを作りますので」


国を出る前に僕は国王から特別なお墨付きをもらっている。

今後、国のどこに何を建てても構わないという許可状だ。

殺人許可証を持つ情報部員ならぬ、建設許可証をもらった工務店だね。

僕は自由裁量で何でも建てられるのだ。

広場の隅まで行って、さっそく地面に手をついた。
ここは大きな広場なので少々建造物があっても邪魔《じゃま》にはならないだろう。
作るのは住宅ではなくプレハブ倉庫のようなものだ。
ちょっとした雨風が凌《しの》げればそれでいい。
問題はプレハブの内部に設置する中身なのだ……。

目的のものはすぐ完成した。

「伯爵、これは一体なんでしょうか？　『ドライブインきのした』と書いてありますな……」

ヒゲ男爵は看板を読んで戸惑っているぞ。
ふふふ、それでは説明するとしよう。
僕が作ったのは昭和の香りが漂う、食べ物の自動販売機を集めたドライブインなのだ。
ドライブインと言っても、この世界に自動車はないけどね。

「食べ物の絵が付いた箱が並んでいるでしょう？　あれは自動販売機と言って、必要な金額を入れると、絵と同じ食べ物が出てくる魔道具なのです」
「なんと!?　ではここに二百クラウンを入れるとトーストが出てくるのですか？」

「正確に言うとホットサンドですね」

「信じられん……。ですが、伯爵が嘘《うそ》をつくはずもないですね。試してみてもよろしいですか？」

僕がうなずくと、ヒゲ男爵は百クラウン硬貨を二枚入れてボタンを押した。

『調理中』というランプが赤く点灯して機械が動き出す。

やがて機械下の取り出し口にアルミホイルに包まれたホットサンドが現れた。

「熱っ！」

無造作に取り出そうとした男爵が驚いている。

「食べるときも気をつけてくださいね。中のチーズもトロトロになっていますから」

ワクワク顔の男爵がホットサンドにかぶりついた。

「うまい……。美味いぞ、みんな！」

旅の途中で食べるこういうものって、なんだか不思議と美味《おい》しいんだよね。

「ホットサンドだけじゃなくて、フライドポテトやハンバーガー、カップに入ったヌードル、ナゲットなど、いろいろありますよ。飲み物の自動販売機はあっちです」

騎士たちは喜んで思い思いの自動販売機に取りついていった。

「ネクタルだと⁉　か、神々の飲み物ではないか！」
「あ、ごめん。それは桃のジュースです。でも、とても美味しいですよ。僕も買おうかな」
「焼きおにぎり？　牛丼？　初めて見るものばかりだ……」
「ぜひ挑戦してみてください」
「きつねうどん⁉　キツネなど食べられるのか⁉」

説明するのがめんどくさい……。

騎士たちはフライドポテトやピザに感動したり、コーラの炭酸に驚いたり、振って飲むプリンを大絶賛したりと忙しそうだった。

僕も久しぶりにうどんを食べた！

これ、同級生たちも喜ぶだろうなあ。

実は自動販売機はきのした魔法工務店のオリジナル備品ではなくリースだ。

だから当然お金がかかっている。

商品も冷凍倉庫から時空間転送で送られてくるようだが、こちらも仕入れにお金がかかる。

騎士たちが自腹を切っているとはいえ、初期投資を考えれば当然赤字だ。

でもお風呂《ふろ》やトイレ、エレベーターのお礼として、王様から二億クラウンももらっているので僕の懐《ふところ》は温かい。

ヴォルカンに着いたら、クラスメイトのために日本のご飯が食べられるようなものを作ってみよう。


騎士たちは自動販売機を何周もしていろいろな食べ物を試していた。

日持ちのする飲み物やスナック菓子《がし》も買い込んで荷物入れにしまったようだ。

そろそろ出発の時間かな？

「みなさん、いいですか？　もうドライブインを解体しますよ！」

「解体？　なぜそのようなことを？　もったいなさすぎです！」

ヒゲ男爵が抗議してきたぞ。

「そのままにしておいたら邪魔になりませんか？」

「ここは国王陛下の直轄地ですが、キノシタ伯爵は特別免状をお持ちのはず。こんなに素晴らしいものを取り壊すことはないでしょう。この辺りは集落も店もないのです。旅人がどんなに喜ぶかしれませんよ」


うん、さっきからぜんぜん関係ない人たちが、騎士たちの真似《まね》をしてせっせと自動販売機で商品を買っているもんね。

売り上げが伸びれば赤字幅は減少するから文句《もんく》はない。


けっきょく、『ドライブインきのした』はそのまま残していくことになった。

自動販売機を壊されるのは嫌だったので、またセコソックと契約したよ。

とんだ出費になると思ったけど、見ているはじからお客さんは絶え間なくやってきている。

これなら収入は遠からず黒字になりそうだ。


その後、陛下からの正式な書状が届き、年間六十万クラウンの土地代を払うことで『ドライブインきのした』の存続が決まった。

今の感じだと月の売り上げは七十万クラウンくらいにはなりそうだから、けっこうな利益《りえき》になりそうだ。

新しいものが作れたし、みんなが喜んでくれたので、僕は満足だった。


ローザリアを出発して十一日、ついに僕らはヴォルカン廃坑前の野営地に到着した。

ここは標高三千メートル級の山々が連なる場所で、ローザリア軍は山のふもとの平地に陣を張っていた。


「木下？　木下じゃないか！」

「おお、竹ノ塚！」

フルプレートの騎士がこちらへ歩いてくると思ったら、クラスメイトの竹ノ塚だった。

三カ月ぶりくらいの再会だけど、竹ノ塚の体つきは一回り大きくなった気がする。

落ち着きのないやんちゃ坊主だったはずなのに、なにやら風格まで備えた顔つきになっているぞ。

僕よりずっと年上の男みたいだ。

「ひっさしぶりだな、木下。西の方で七大将軍とドラゴンを討伐したって？　俺《おれ》たちの出世頭じゃないか！」

無邪気《むじゃき》に肩を組んでくるところは前のままだ。

素直に僕のことを喜んでくれる真《ま》っ直《す》ぐさも変わっていなくて、僕にはそれが嬉しかった。

「竹ノ塚も不動のパラディンなんて呼ばれて、みんなに慕《した》われているんだろう？」

「そんなたいしたもんじゃねえけどな」

はにかむ姿は僕と同じ十八歳だった。

「他のみんなは元気にしている？」

「おう、こっちで休憩中だ。一緒に行って驚かせてやろうぜ！」

僕は竹ノ塚に引っ張られて大きな陣幕の中に入っていった。

クラスメイトは思っていた以上にみんな元気だった。

こちらの生活にも慣れ、不自由な異世界でもなんとかやっているそうだ。

ヴォルカンに派遣されているクラスメイトは四人。

パラディンの竹ノ塚、聖女の今中さん、斥候《スカウト》の三郷さん、そして聖弓の射手、小川由美である……。

そう、僕の元カノだ。

由美とは高一の冬に少しだけ付き合っていたことがあるんだよね。

すぐに振られちゃったけどさ。

あのときはへこんだなあ。

あれからクラスでも話さないようにしていたし、互いに目も合わさなかったよ。

何の因果《いんが》か高三でまた同じクラスになって、一緒に異世界へやってきてしまったけどね。

腐《くさ》れ縁《えん》なのかな？

引きずっているわけじゃないけど、今でも気まずい思いはある。

それは向こうも同じようで、軽い挨拶《あいさつ》をしただけで由美とはほとんどしゃべらなかった。

僕と由美が付き合っていたことを知っているのはクラスでも数人だから、竹ノ塚たちは何も知らない。

まあ、僕から話すことでもないし、このことはそっと胸にしまっておくとしよう。

「戦闘は膠着《こうちゃく》状態だって聞いたけど、どうなってるの？」

僕は竹ノ塚に聞いてみた。

「まさにそのとおりだぜ。ヴォルカンの内部は入り組んでいるし、魔物たちは深い洞窟の奥にいるんだ。正確な居場所さえわからねえ」

斥候の三郷さんが話を続ける。

彼女は魔法を駆使して、自分の存在を消す『ステルス』という能力を持っている。

感覚の鋭い魔物も彼女を探知することができないのだ。

「私が偵察に出たんだけど、洞窟の内部はトラップだらけだったわ。しかも区画ごとに頑丈《がんじょう》な鉄格子《てつごうし》が張られていて、鍵《かぎ》がないと奥へ行けない仕掛けになっているの」

僕は黒い戦闘服に身を包んだ三郷さんを凝視した。

「な、なによ？」

「いや、三郷さんは雰囲気が変わったなって思って」

向こうの世界にいたとき、三郷さんはギャルだったのだ。

服装や化粧も派手《はで》だった。

それが今や、革製の戦闘ジャケットを着こみ、やたらと影が薄く感じる。

そういえば化粧もしていないな。

「しょうがないでしょう、私は斥候なんだから。いつまでも遊んでらんないし……」

そう言った三郷さんは前より少し大人びていたけど、どこか悲しそうでもあった。

竹ノ塚が再び口を開く。

「まあ、そんな感じだ。大軍が送れないので、戦うのは俺たちが中心になるけど、トラップのせいで攻めあぐねているというのが現状だな」

「打開策はあるの？」

「今は助っ人《と》の到着を待っているところだ」

「へえ、それは誰《だれ》？」

「爆炎の魔術師、吉田だよ」

吉田は元卓球部で地区大会二位の実力者だったけど、異世界では何の関係もない火炎系の魔術師になった。

「ははーん、吉田の爆炎龍を洞窟に撃ちこむんだね」

爆炎龍は龍体をした超高温の炎が暴《あば》れまわる、吉田の超絶魔法だ。

卓球のカットマンとして名を馳《は》せた吉田だったけど、つくづく関係のない技を身につけたなあ……。

「そういうこと。だけどうまくいくかはわからねえんだ」

「どうして?」

「ヴォルカンを仕切っているのは岩魔将軍ロックザハットって魔人でさ、やつは岩を自由自在に操《あやつ》るんだ。途中で穴を遮断されたらそれまでだぜ」

じゃあ奇襲攻撃をしかけるしかないのかな?

夜襲とか?

戦いのことはよくわからない。

「いまだに戦いは慣れないよ。ここは山の中だから生活も大変なの」

そう言ったのは聖女となった今中さんだった。

ますます綺麗《きれい》になっていて、全身から立ち上るオーラがすごすぎて近寄りがたいほどだ。

でも、今中さんは相変わらず気さくで、僕には気軽な感じで話しかけてくれる。

それにしてもここの兵士たちは僕を暖《あたた》かく迎え入れてくれたな。

異世界人だからと怖がる風もない。

竹ノ塚や今中さんたちが奮戦して、信頼関係を築いてくれたからだろう。

僕もそれに続きたいと思った。


「まずはみんなに必要なものを作っていくよ」


さっそく風呂やトイレを作ると、クラスメイトも将兵たちも大喜びだった。

これまでは適当なところに穴を掘ってするというのが基本だったそうだ。

前線だからお風呂もなく、たらいのお湯で体を洗うだけの生活だったらしい。

竹ノ塚は僕の手を痛いほど握りしめて懇願《こんがん》した。


「俺、ローザリアに屋敷をもらったんだ。この戦いが終わったら帰るから、ぜってえ風呂とトイレを頼むぜ、木下」

今中さんも同じように頼んでくる。

「木下君、私もお願いしていい？」

「当たり前だよ。僕が困っていたときに助けてくれたのは今中さんだろ？　いちばんいいトイレを作ってあげるからね」

「お、今中ばっかりずるいぞ。俺にも高級トイレを頼む」

「わかった、わかった。竹ノ塚の温水洗浄便座は勢いを二倍にしてやる」

「尻が吹き飛ぶわっ！」

「鉄壁のパラディンなら大丈夫さ」


同級生の気安さでできるバカ話は楽しかった。

三郷さんにも同じように頼まれたし、ローザリアに戻ったらさっそく製作するとしよう。

ただ、由美は何にも頼んでこなかったな。

たぶん遠慮しているんだろうけど……。


夜になって自分の天幕で考え込んでいると、カランさんが唐突に話を切り出した。

「で、オガワ・ユミ様とは何がありましたか？」

「はっ？　いや、別になにもないけど……」

「嘘がお下手《へた》ですね」

カランさんは身じろぎもしないで僕を見つめてくる。

「私は伯爵を補佐する立場。できることなら話していただきたいのですが」


今さら隠すこともないか。

もう終わったことだ。


「二年前かな、ちょっとだけ付き合っていたことがあるんだ」

「そのご様子ではもうお別れになったのですね」

「うん、フラれたよ。しかも、別れを切り出される前に先輩とデートをしているのを見ちゃってさ。修羅場《しゅらば》だったんだ……」


「今から行って首を落としてきましょうか？」

天幕に入ってくるなり、冷静にそう言ったのはエルニアさんだった。

いや、冷静に見えるだけだ。

目がいっちゃってる……。

どうやら外で立ち聞きしていたらしい。

後ろにはセティアとアイネもいる。

みんなに聞かれてしまったか……。


「エルニアさん、もう昔のことだよ」

「いーえ、タケル様を傷つけるなんて絶対に許せませんわ。この剣で首を取ってやりますとも」

「相手は召喚者だよ。返り討《う》ちにあうんじゃないかな？」

「ど、ど、毒ならワンチャン……」

「セティア、怖いから鞄《かばん》の中を探るのをやめてくれない？」


僕が二人を諫《いさ》めていると、トロンとした表情のアイネが近づいてきた。

今夜はいつも以上に目がハートマークだ。


「な、なんだよ？」

「寝取られ伯爵……最高じゃないですかぁ♡　私がベッタベタに慰めてさしあげますわ」

「ちょっとアイネさん、抜け駆けは許しませんことよ！」

「そ、そ、そ、そうです。それならいっそ私もそちらの陣営に加えてください。毒薬はやめて媚薬《びやく》を……」

どこまでも堕《お》ちていく未来しか見えない⁉

「それには及びませんわ。エルニア様とセティアはオガワ様の寝首を掻《か》いてきてくださいな。私はサレ伯様をお慰めしますので」

「失礼だな、サレ伯ってなんだよ！」

三人はギャーギャーと言い合いを始めて、カランさんは呆《あき》れ顔で肩をすくめている。

大騒ぎのおかげで沈んだ気持ちでいるのがバカらしくなってきたぞ。

よかった、みんながいてくれて。

テントの中は騒々《そうぞう》しいけど心の底からそう思えた。

その夜、僕は竹ノ塚と風呂に入った。

兵たちも使えるように大きな露天風呂を二つ作ったのだ。

岩盤をくりぬいてお湯を張るだけだったので、製作時間は一時間くらいのものである。

簡素なつくりだけど、そのおかげでお湯につかりながら満天の星がよく見えた。

屋根は明日つければいいだろう。

「ふぅ、やっぱり風呂はいいなぁ」

竹ノ塚は両手で頭を揉《も》みながらリラックスしている。

僕は星を眺めながら今後のことに思いを巡らせた。

「どうした、木下？　難しい顔をしているな」

「うん……。もしもだよ……、もしもトンネルを掘って廃坑の奥に出られれば、竹ノ塚たちは魔軍を倒せる？」

「トンネル？　どういうことだ、詳しく話してみてくれ」

一人で悩んでいても仕方がない。

ここはクラスメイトの知恵と力を借りるとしよう。

僕は竹ノ塚と今後のことを話し合った。

翌朝、ヴォルカン方面の軍事会議が開かれた。

招集したのは竹ノ塚だ。

ピリット将軍をはじめ高級将校が勢ぞろいしていてビビってしまったよ。

軍人さんって怖そうな顔をしているんだよね。

だけど、竹ノ塚は堂々と僕たちの計画を話し出した。


「以上、木下が立案した作戦です」

竹ノ塚の言葉に僕は戸惑ってしまう。


「お、おい、作戦なんて大げさなものじゃないだろう?」

「いいや、立派な作戦だぜ。うまくいけば敵を後ろから奇襲できるんだ」


そう簡単にいけばいいのだけど……。

指揮官のピリット将軍が質問してきた。

「キノシタ伯爵、本当にトンネルを掘ることは可能ですか?」

「小さなトンネルですが、掘ること自体はそれほど難しくはありません。問題は内部構造の情報がないことと、トラップの存在です」

前提条件として、大軍を送り込めるような大きなトンネルは掘れない。

掘れないというか、そんなものを掘ると時間がかかりすぎてしまうのだ。

僕が掘るのは人一人が通れるくらいの穴である。

その穴を使って召喚者チームが敵の背後から奇襲をかけるというのが、僕と竹ノ塚が考えた作戦だ。

トラップは避けて掘ればいいけど、万が一にも起動させてしまったら何が起こるかわからない。

既存の坑道からは少し離さないとな……。

「音はどうなるでしょうか？　敵に気づかれる恐れはありますか？」

それだよなあ……。

「坑道の近くを掘ったら、どうしても振動などは伝わってしまうと思います。大きく迂回《うかい》すればリスクは減るでしょう。ただ、先ほども言ったように内部構造がわからないので……」

間違って坑道の壁に穴を開け、魔物と鉢合わせ、なんて可能性もゼロではないのだ。

そうなれば僕は真っ先に攻撃対象になってしまうだろう。


「それならお任せください。坑道の見取り図はヤンデール城の金庫にございますわ」

護衛として僕のそばに座っていたエルニアさんが口を開いた。


「伯爵、こちらの方は？」

「ヤンデール公国のエルニア殿下です。事情があって一緒に行動しています」

「どうぞよしなに……」

「こちらこそ……」


なんだかぎこちない挨拶をしているぞ。

魔軍の侵攻があったとはいえ、ローザリア軍は国境を越えてヤンデール公国にやってきている。

言ってみれば、この二人は国境を侵された側と侵した側なのだ。

ヤンデール軍は壊滅状態だから仕方ない部分もある。

だけど、国と国とのことはセンシティブな問題があるのだろう。

そう考えれば、この微妙な雰囲気もうなずけた。

「い、今は魔軍を退けることだけを考えましょう」

柄にもなく発言してしまったよ。

困難なときこそ優先順位を見失ってはならない、と校長先生が朝礼で言っていた。

いがみ合っていても仕方がない。

とにもかくにも魔軍の撃退だ。

僕にとって大切なことはトンネルづくり。

そして、ヤンデール公爵の救出。

同級生や兵士たちの住環境づくり、その三点である。

やるべきことを粛々とこなしていくだけだ。

竹ノ塚や今中さんも僕に同調してくれた。


「ま、そういうことだな」

「政治的な話は混乱が収まってから関係者でしてください」

三郷さんや、由美まで大きくうなずいている。

召喚者たちが同じ意見を共有していると見て、将軍も気持ちを切り替えた。

「そうですな、まずは魔軍を撃退することが先決。私も軍人です。後のことは大臣たちに任せて目の前の敵に集中しましょう」

一連のやり取りを見てカランさんは満足そうにうなずいていた。
僕の成長を喜んでくれているようだ。
それに対してアイネはちょっとつまらなそうである。

「もう少しまごまごしていてもいいのに……」
「えー、少しは成長を喜んでよ」
「……………………………はい」

間が長すぎる！

アイネのことはさておき、この日の軍事会議でかなり詳細な部分まで作戦内容を詰められた。
「それではこれで会議を終了します。ずいぶんと遅くなってしまいましたな。このまま食事をここへ運ばせましょう」

指令所である天幕の外は、もう薄暗くなっていた。

会議の緊張で胸がいっぱいだったけど、終わったとたんにお腹《なか》が空いてきたぞ。

せっかくだから僕もいただくとしよう。

将軍が合図をだすと当番兵たちが次々と食事を運び入れた。

本日のメニューはどうなっているのかな？

豆と野菜のスープ
硬く焼きしめたパン
鶏のバターグリル
リンゴのコンポート

これが将校たちの食事である。

戦場にしては恵まれた食事だったけど、竹ノ塚たちは肩を落としていた。

「どうしたの？」

「味も量も悪くないんだけどさ、ずっと同じメニューが続いているんだよ」

戦地、しかも他国ということで食料の補給がうまくいってないそうだ。

さらに、召喚者と将軍は毎日チキンを食べられるが、普通の将校は三日に一度らしい。

一般兵士にいたってはパンとスープだけとの話だ。


「食料だけではありません。生活用品も不足しているのです。士気にかかわるので大変困っているところですよ」


すぐに底をつくようなことはないが、かなり困窮《こんきゅう》しているようだ。

竹ノ塚はガツガツと豆のスープをかきこんでいるけど、今中さんたちは手が止まっている。

みんなはヴォルカンに来てもう三週間以上経《た》つそうだ。

不自由な暮らしを強いられているんだなあ。

それに、もっとひどい状態に耐えている千五百人の兵士がいる。

彼らのストレスは溜《た》まる一方だろう。

今こそ僕の出番ではないだろうか？

よし、今度はあれを作ってみるとしよう。

夜間工事だってキノシタ魔法工務店にお任せあれだ。

騒音は十五デシベル以下で、便利なアレを作ってしまうぞ！

夜も更けたころ、僕は前線基地の片隅までやってきた。

ここなら何を建てても問題なし、と将軍のお墨付きを得ている。

コンビニを建てるならここがよかろう。

そう、食料品と日用品が不足していると聞いた僕は、コンビニエンスストアを建てることにしたのだ。

さすがに百貨店は大げさすぎるだろう？

スーパーマーケットでもいいかな、って思ったんだけど、それでも大きすぎる気がした。

将兵の数はおよそ千五百人だ。

しかも、全員が毎日利用するわけではない。

一般兵士はあまりお金を持っていないらしいからね。

おそらく、コンビニくらいがちょうどいいはずである。

それにコンビニの方が同級生たちは喜んでくれるような気がしたのだ。


「何をなさっているのですか？」

振り向くとエルニアさんが立っていた。

気づかれないように抜け出してきたつもりだったけど、エルニアさんを起こしてしまったのか。

「ここにお店を建てようと思いまして。あ、ここはヤンデール公国の土地でしたね。だったらエルニアさんにも許可を取らないといけませんでしたね。ごめんなさい」
「タケル様のすることでしたら反対なんて申しませんわ。でも、こんな時間に？」
「友人や兵隊さんたちには気晴らしが必要かな、って思いまして。みんなが目を覚ましたときに楽しいことがあるってすてきじゃないですか」

外国映画で見たことがある、クリスマスの朝にプレゼントを見つける的なあれだ。

「だからって、キノシタ様が一人で頑張らなくても……」

エルニアさんは心配そうに僕を見ている。

「好きでやっているからいいんですよ。僕は、みんなの喜んだり驚いたりする顔を見るのが好きなんです」
「そうですわね。私も喜び、驚かされてばかりですわ」

エルニアさんは小さく笑った。

「僕はずっと自分の居場所がよくわからない学生だったんです。でも、この世界にやってきて、自分が何をすべきかが少しわかってきた気がするんです。だから、わざわざ手伝っていただかなくても平気です。ここは僕一人で何とかしますから」

そう言ったのだけど、エルニアさんは帰ろうとはしなかった。

エルニアさんは断固とした態度だ。

「そうはまいりません。タケル様はおじいさまとヴォルカンを解放するためにきてくださったのです。お手伝いできることがあれば何でもする所存です。さあ、私を嫁に……じゃなかった、社員にしてください！」

エルニアさんの決意は固そうだ。

それなら手伝ってもらうとするか。

魔力が豊富なエルニアさんが手伝ってくれるのなら、予定より早く工事は終わるだろう。

僕らは軽く打ち合わせをして、作業を開始した。

明け方の少し前、闇《やみ》がいちばん濃いころに『ヤンデルマート』は完成した。

ネーミングはヤンデール公国に敬意を払った結果だ。


あなたの後ろにヤンデール♪


テーマソングも考えたぞ。

お客様に寄り添いながらも、一歩下がった謙虚さを演出してある。

ヤンデレさんが後ろから見ているなんて誤解はやめてよね。

よく見る箱型の店舗で、外装色は赤、青、白にしてある。

配色はフランスの国旗と同じだけど、自由・平等・友愛を表しているわけじゃない。

ヤンデルマートの色は情熱（赤）・誠実（青）・清潔（白）を象徴しているのだ。

「ここはお店と聞きましたが、商品はないのですね」

陳列棚、冷蔵庫や冷凍庫は稼働しているけど、仕入れはまだなのだ。

「仕入れはこれからですよ。バックヤードへ行きましょう」

ヤンデルマートのバックヤードには小さな事務机があり、机の上にはパソコンが置いてある。

このパソコンはインターネットには接続されていない。

その代わり、並行世界の企業とホットラインが結ばれており、ここで商品を注文できるのだ。

注文された商品は即座に転送装置に送られ、ほとんどタイムラグなしで陳列棚に並ぶ。

「さてと、なにを注文しようかな……。お、スタートアップセットというのがあるな」

スタートアップセットの内容は、一般的なコンビニのそれと変わらない。

ドリンク、弁当、軽食（パン、おにぎり、サンドイッチ、デザートなど）、インスタント食品、お菓子類、アイスクリーム、冷凍食品、日用雑貨などだ。

「仕入れ値は百七十万クラウンか……」

大金ではあるけど、ここは僕が出しておこう。

利益はいつか出ればいいや、くらいの殿様商売だ。

「お金は私が出しますわ。タケル様のためですもの。いくらだって貢い……お力になりたいです」

「そんなのダメだよ。僕の考えで始めたことなんだから」

商売というか、僕を見捨てないでくれたクラスメイトへの恩返しみたいなものだからね。

それに、ガウレア城塞で戦場を経験してから、僕は兵士たちにひとかたならない連帯感みたいなものを感じている。

生と死の狭間《はざま》にあって、人と人の関係は密度を増すのかもしれない。

王宮の改装で、王様から二億クラウンほどもらっているのだ。

ビバ、工務店バブル！

いい機会だから、みんなに還元してしまおう。

画面の『決定』ボタンを押すと、商品はすぐに納入された。


「タケル様、店中に商品が！」

すっかり準備の整ったお店を見てエルニアさんは大興奮だ。

「なんとか夜明けに間に合いましたね。これもエルニアさんが手伝ってくれたおかげです」


エルニアさんは本当に働き者なのだ。

しかも仕事がとても速い。

普段だって、教えてもいないのに僕の予定をばっちり把握していて、先回りしていろいろやってくれる才女である。

でも、どうやって僕のスケジュールを知るのかな？

きっと、カランさんに聞いているのだろう。

心強い仲間ができたものだ。


「ふぅ、一息入れてカフェラテでも飲もうかな。エルニアさんもどうですか？　というより、好きなものを持っていってください」

「いえ、私もカフェラテとやらをいただきますわ」


コンビニのコーヒーって美味しいよね。

僕はカップを二つ用意してマシンにセットした。

ミルがコーヒー豆を挽く大きな音が店舗に響き渡ると、エルニアさんはびくりと体を震わせた。

「これは……？」

「コーヒーを抽出《ちゅうしゅつ》する機械なんだ。ここではお客さんが自分で淹れるんだよ」

エルニアさんにとっては初めて見るものばかりで、戸惑いの連続のようだ。

少し落ち着かせてあげた方がよさそうだ。

「店舗前のベンチに座って飲みましょう」

僕らはベンチに並んで腰かけた。

「はいどうぞ。熱いから気を付けて」

カフェラテを一口飲んだエルニアさんは再び驚いた顔をした。

「美味しい……。カフェラテって泡立てたミルクにコーヒーを淹れたものだったのですね」

「嫌いでした？」

「そんなことありません！　コーヒーは好きです。ここまで美味しいコーヒーは初めてですし。それに、長年の夢がかないました」

「夢？」

「二人で飲む夜明けのコーヒー……」

明け方に誰かとコーヒーを飲むのが夢だったのかな？

まあ、人それぞれやってみたいことはあるものだ。

僕も長年、キュウリにハチミツをかけて食べたいと思っている。

メロンの味がするらしい。

本当かな？

機会がなくてやったことはないけど、いつかは試したいものだ。

僕らは無人のコンビニの前に座り、静寂の中でコーヒーカップを傾けた。


朝になって、コンビニを見たクラスメイトの反応はおもしろかった。


「俺……、幻影魔法をかけられているのか？」

「ううん、破魔の法呪を唱えたけど反応がないわ。これは……本物よ」


竹ノ塚も今中さんもすっかり異世界に順応しているなあ。


「間違いなく本物だよ、僕が作ったんだから。さあ、入って好きなものを持っていって。今日は会計しなくていいからね」

「うっひょぉ！　ありがとう、木下！」

口々にお礼を言うと、クラスメイトたちは小走りで店に入っていった。

ただ、由美だけは躊躇《ためら》うように僕とコンビニを交互に見ている。

僕が拒絶すると心配しているのかな？

いろいろあったけど、そこまで器《うつわ》の小さな男じゃないぞ。

カランさんと違って……。

「小川さんも買い物をしてきたら？」

事務的な態度だったけど声をかけた。

「うん……、ありがとう。私……」

由美は何かを言いかけたけど、途中でやめて店の中へ入っていった。

これでいいのだと思った。

日本の食べ物に飢えていたのか、みんなは真っ先にお弁当やスイーツのある棚へ向かっていた。

竹ノ塚が嬉《うれ》しそうに寿司《すし》のパックを二個もわしづかみにしている。

「もういちど寿司を食えるとは思ってもみなかったぜ。マグロぉ、会いたかったぜぇ、うぅ……」

「それくらいで泣くなって」


元ギャルで今は斥候の三郷さんがカゴいっぱいに化粧品を詰めていた。


「化粧ポーチは墜落するバスの中に置いてきちゃったんだ。久しぶりにメイクができて嬉しいよ」

「ばっちりメイクの斥候って、なんだかシュールだよね」

「メイクはオフの日にするに決まってんじゃん！」


三郷さんはニッコニコだ。

みんなヤバいくらい真剣な目つきで商品をカゴに入れているぞ。

ここだけの話、生理用品はあっという間に底を突いた。

女子三人で買い占めてしまったようだ。

考えて仕入れたわけじゃないけど用意しておいてよかったよ。

女の子って大変なんだね。

ご飯を食べて一息ついた竹ノ塚が僕を拝みだした。

「木下、頼む、この通りだ！　王都にもコンビニを作ってくれ！」

「うん、私もお願いしたい。きっとみんなも喜ぶと思うんだ。何とかならない、木下君？」

「今中さんに頼まれたら断れないな。でも、大丈夫かな？　異世界の人にとっては珍しい物ばかりだから、すぐに商品がなくなるかもしれないよ」

盗まれる恐れだってありそうだ。

「だったら会員制にするっていうのはどう？」

いいアイデアかもしれない。

とりあえずはクラスメイトを会員にして、みんなからお客さんを紹介してもらえばいいか。

ＩＤカードがなければ入り口のロックが開かない仕様にはできる。

「外観も派手なのはやめて、どこかの地下室にすればいいかもしれないね」

「なんだか闇取引《やみとりひき》みてーでおもしろいな。木下、そうしてくれよ。相手が貴族とかだったらＩＤカードのためだけに大金をだすぞ」

「それはありかな。日用雑貨とか化粧品なら高値で売れたりしてね」

「だろ？　アイデア料をよこせ！」

「ホットスナック一個でいいか？」

「安すぎだ！　でも、それでもいいかも……。久しぶりにカラアゲさんを食べたい！」


その後も王都のコンビニをどうするかで盛り上がったけど、僕は半分気を失いかけていた。

夜中に作業をしたので眠気が限界だったのだ。

仮眠はとったけど、数時間だからね。

竹ノ塚が僕の肩を支えて労《ねぎら》ってくれた。


「とりあえずヴォルカン坑道の地図を取ってくるから、木下は寝ていてくれ。どうせ地図が届くのは夕方だ」

「うん、頼むよ。あと、コンビニを兵隊さんたちにも解放してあげて。特別ボーナスということで、一人につき五百クラウンの商品券を用意してあるんだ」


カランさんや竹ノ塚たちに後を頼み、僕は眠りについた。

目覚めてから聞いた話では、騎士や兵士たちは異世界の商品に大喜びだったらしい。

食べ物だけでなく、タオルや肌着が人気だったみたいだ。

竹ノ塚がそのときの様子を教えてくれた。

「酒やたばこなんて、喧嘩《けんか》が起きるほど競争が激しかったんだぜ」

「そこまで！　怪我人《けが》とかでていない？」

「それは大丈夫だ。今中が聖女の力を発揮してくれた」

「聖女の力で暴動を鎮圧？」

「いや、大規模魔法『高潔なる心』で全体の規律を保ったんだよ。これは将兵の感情に訴えかける魔法なんだぜ」

ある意味怖いな……。

「召喚者の俺たちですら、魔法のせいで背筋が伸びる気がしたよ」

召喚者にまで作用するなんて、今中さんの魔法はすごいんだなあ。

「ところで、今中さんは？」

さっきから姿が見えないぞ。


「休んでいるよ。大規模魔法で魔力をだいぶ消費したからな」

「僕のせいで悪いことをした」

「気にすんなって。今中だってコンビニができて喜んでいたんだから。それに、セティアさんが薬をくれたんだ。俺も飲んだけど、あれはすごいな。力がどんどん湧《わ》いてくるよ」

「薬って、赤マムリン？」

「おおそれだ！」


確かに効くけど……。

「何が入っているのか知らないけど、魔力がカッと燃え上がっている感じがしたな。今なら魔王だって倒せそうだぜ！」


そうか、原材料についてはなにも知らないのか。

きっと、今中さんも知らないのだろう。

蛇と蜘蛛《くも》のことは黙っておくことにした。

エルニアの妄想【自分の才能が怖い】

ローザリア軍の陣幕から少し離れた岩場でエルニアは身を潜《ひそ》めていた。

月は中天に差し掛かり、魔人に指定された時刻はもうそろそろだ。

身を強張《こわば》らせるエルニアの頭上から、かぎ爪《つめ》のついた黒い羽をはためかせて魔人が飛び降りてきた。

「うまくキノシタの懐に潜り込めたようだな」

「と、当然ですわ。タケ……キノシタはすっかり私の虜《とりこ》ですもの。私のことはまったく疑っていませんことよ」

魔人はどこからかタケルとエルニアを観察していたようだ。

自分がダブルスパイであることを見抜かれてはならないと、エルニアは気を引き締めた。

「しかし貴様の演技もたいしたものだ。まるでキノシタにベタ惚《ほ》れのようではないか。危うく俺まで本気かと思ったくらいだぞ」

「そんなことありませんわ。おじいさまを助けるための演技なのですから。おじいさまはもちろん無事でしょうね？」

「安心しろ、病気一つしていない。だが、今後も命の保証があると思うなよ。じじいにきちんとしたものを食わせたかったら、俺への報告を怠《おこた》るな」

「わかっています」

「では答えてもらおうか。どうしてキノシタはヤンデールにやってきたのだ？　お前、なにか企《たくら》んでいるのか？」


魔人は慈悲とは無縁の冷たい視線をエルニアに投げかけた。

エルニアは用意しておいた答えを口にした。


「キノシタがヤンデールにきたのはたまたまよ。あいつにとって仲のいい友だちが派遣されているから、彼らを激励するために来たの」

「仲がいい？　誰のことを言っている？」

「仲がいいのはパラディンのタケノヅカさんと、聖女のイマナカさんね。特にイマナカさんには特別な思いがあるらしくて、いつもうっとりと見ているわ。聖女のコスチュームが好きなのかしら……」

「おい、どうした？　顔がゴーストのようになっているぞ」

今中の名前が出たとたんにエルニアは嘆《なげ》きの幽霊のようになり、魔人ですら少しだけ恐怖を感じた。

嘆きの幽霊は人の精神に作用して、負の感情を増幅させる魔物だ。

物理攻撃が効きにくく、火炎系魔法に弱い。

この魔人は物理攻撃を得意としていて、魔法攻撃は苦手だったりする。

そういった意味でもゴースト系にそっくりなエルニアを恐れたのだ。


「べ、別になんでもありませんわ」

「まあいい……。奴《やつ》は仲間のために何をしている？」

「まずはお風呂とトイレを作っていたわ」

「何のために？」

「衛生のためよ」

「えいせい……？」


魔族は体が丈夫ゆえに衛生の重要性がわからないでいた。

「ふーむ……。それからやけに派手な建物が建っただろう？　あれは何だ」

「あれは私とタケル様の愛の結晶……じゃなくて、コンビニという施設よ。酒保みたいなものね」

酒保とは戦場における兵士相手の日用品・飲食物などの売店のことだ。

ゆえに、エルニアの言葉もあながち間違ってはいない。

もっとも、一般的な酒保とタケルのコンビニとでは、クオリティに雲泥の差があるのはもちろんだった。


「なるほど、キノシタは本当に非戦闘員か……」

「だからずっとそう言っているではないですか」

「他の召喚者らは何をしている？　ヴォルカン攻略の策をたてているのではないか？」

「私はキノシタの動向を見張れとしか命令されていないから……」


魔人は低い声を出してエルニアを恫喝《どうかつ》した。


「自分の立場を忘れるなよ。さもないとヤンデール公爵は……」

「わかっています！　今は攻めあぐねて増援を待っているみたい」

「来るのは兵士か？　それとも新しい召喚者か？」

「そこまではわからないわ。ただ、到着にはまだまだ時間がかかるみたいよ。援軍はグラビーノの方からやってくるんですって」

グラビーノはローザリアの最南端である。

「詳しいことは必ずキノシタから聞き出してみせるわ。だからおじいさまには手を出さないで！」

「よかろう、三日後のこの時間、この場所で教えてもらうぞ。必ず情報を探りだせ。キノシタはお前に惚れぬいているのだろう？」

「も、もちろんそうですわ」

エルニアは虚勢を張った。

「それなら簡単であろう。ピロートークのときにでも聞き出せばいい」

「ピロートーク……？」

「なんだ、そんなことも知らないのか？　ピロートークとは性交後に交わす愛の言葉のことだ」

「んまっ！」

「キノシタを骨抜きにして、そこから上手《うま》く情報を引き出せばよい」

「性交、性交、性交……、成功……！」

タケル様を骨抜きにする。
つまり、尽くして、尽くして、尽くしまくればいいわけよね……。
どうしましょう、次から次へとアイデアが湧きまくりですわ！
怖い……。
私、自分の才能が怖い！
「お、おい、なにをブツブツと……。まあいい、きちんと情報を引き出しておけよ」
魔人は翼を広げて夜の闇へと飛び上がり、ヴォルカンの山間に消えていく。
少しだけエルニアに慣れてきた魔人だった。

◇◇◇

将軍やクラスメイトと今後の計画について話し合っていると、青い顔をしたエルニアさんが天幕に戻ってきた。

魔人と会っていたので緊張していたのだろう。

かわいそうに、エルニアさんは小さく震えている。

僕とクラスメイトはまずは優しくいたわることにした。

「大変だったね。さあ座って」

「タケル様、お言いつけ通り、あえてこちらの情報を流してきました。もちろん爆炎の魔術師ヨシダ・タマオ様のことは何も言っておりません！」

ダブルスパイになったとはいえ、これまでのことをエルニアさんは非常に悔《く》いている。

今も過去を思い出して自分を責めているのかもしれない。

「ありがとう。これでヤンデール公爵救出の時間稼ぎはできたかな？」

そう聞くと、エルニアさんは悲しそうな顔で首を横に振った。

「それが、援軍の内容と到着時期を調べてこいと言われてしまいました。ロックザハットは攻撃の機会を窺《うかが》っているようです」

「次にその魔人と会うのはいつ？」

「三日後にまた同じ場所で報告しなければなりません」

「一刻も早くトンネルを完成させなければならないね」

「実際のところ、どれくらい時間がかかるんだ？」


竹ノ塚の質問に、僕は届いたばかりの坑道の地図を睨《にら》んだ。


「エルニアさん、岩魔将軍の居場所はわかります？　それからヤンデール公爵が捕《と》らえられている場所も」

「はい、ロックザハットはこの場所に指令所を設けました。おじいさまはこちらの窪《くぼ》みを利用した牢《ろう》にいらっしゃいます」


ヴォルカンの廃坑はかなり入り組んでいる。

何十年も魔結晶を掘り続けた結果、坑道の総延長は三〇キロメートル以上だ。

無駄なく最短距離を掘ったとしても、ロックザハットの居場所までは十二キロ強。

敵に気づかれないようにするためには迂回も必要になるだろう。

もし地下水脈にあたってしまったら排水が必要だし、空気の入れ替えだってしなければならない。

ということは……。


「およそ十日は必要だと思う」

「十日か……。その前に魔軍が動けば、こちらにも犠牲が出るな……」


そう、時間がかかればそれだけリスクは増大するのだ。


「わかった、今からトンネルを掘るよ」

「今からだと！　本気か、木下？」

「巧遅《こうち》より拙速《せっそく》が求められる現場だろう？　スピード重視でやってやるさ。なんとか一週間で掘ってみる。吉田の到着もそれくらいだろう？」


僕はセティアに向き合った。

「セティア、赤マムリンはあと十本あったよね？」

「十二本あります。必要になるかと思い追加で作成しました」

「さすがはセティアだ。ありがとう！」

「そ、そ、そんな。えへ、えへへ……」

「十二本もあればなんとかなりそうだよ」

「も、もっと作れるようにマムリンと背赤グランチュララも確保済みです！」

「おお、蛇と蜘蛛を捕まえたんだね」


あ、赤マムリンを飲んだことのある竹ノ塚と今中さんが青い顔をしているぞ。


「セティアさん、マムリンと背赤グランチュララって……」

「こ、これでございます！」


褒《ほ》められて嬉しかったのだろう。

セティアは自分のバッグから蛇と蜘蛛を取り出した。

白い指にむんずと摑《つか》まれて、蛇と蜘蛛はウネウネと動いている。

うん、いつ見てもグロい！

セティアは褒めてください、と言わんばかりの笑顔だ。

「こ、これがマムリンと……」

「グランチュララ……」

竹ノ塚も今中さんも強くなったなあ。

ちょっと青くなっただけで吐《は》かなかったぞ。

もっとも、この二人は僕よりもずっと危ない死線を越えてきたのだ。

この程度で驚きはしないか。

よし、犠牲を少しでも減らすために、僕も突貫工事で頑張るぞ。

きのした魔法工務店の工期は絶対なのである！


夜の闇の中を掘削開始ポイントに向かった。

メンバーは僕、竹ノ塚、エルニアさん、三郷さんの四人だ。

目立たないように少数で行動している。

竹ノ塚と三郷さんは僕の護衛、ヤンデール出身のエルニアさんは道案内だ。

掘削時には社員にもなってもらうつもりである。

「オッケー、ここいらに魔物の気配はないよ」

闇に眼を凝らしていた三郷さんが合図を出した。

周辺の斜面に坑道の入り口はないので、魔物たちも無警戒である。

まさか、敵が深いトンネルを掘って、背後に回り込もうとしているなど、想像もしていないだろう。

「うん、ここがいいと思う。竹ノ塚は警戒を頼む。三郷さんはお疲れさま」

すでに深夜である。

三郷さんにはいったん帰ってもらって仮眠をとってもらおう。

周囲を藪《やぶ》で囲まれた斜面に手をついてトンネルを掘り始めた。

魔力を流すと紫電がほとばしり、高さ二メートル、幅九十センチほどの穴が一メートルできた。

穴を掘るというか、その場にある土を崩し、転送ポータルで外部に捨ててしまうという方式をとっている。

「そうやって掘るのか。俺はてっきり亜空間から掘削機でも出すのかと思ったぜ」

「そりゃあカッコいいけど、そんなものを使ったら敵に居場所がばれちゃうだろう」

異世界工法に重機は必要ないのだ。

「しかし、あっという間に掘れたな。これなら簡単にロックザハットのところまで行けるんじゃね？」

「掘るのは簡単なんだよ。崩落しないよう固めるのに時間がかかるんだ。問題はそれだけじゃないよ。掘り進めたら有毒ガスの排出もしなければならないからね」

僕の言葉にエルニアさんがハッとする。

「そういえばカニセラを連れてくるのを忘れていました」

「カニセラって誰？」

「人ではございません。カニセラは小鳥ですの」

魔結晶鉱山で働く人々はカニセラという鳥をカゴに入れて連れ歩くそうだ。

カニセラは敏感な鳥で、メタンガスや一酸化炭素などの有毒ガスが発生していると、さえずることをやめる。

鉱夫たちはカニセラの反応を見てガスの有無を知るのだ。

地球の鉱山でもカナリアという鳥が同じ役割を果たしていたと聞いたことがあるぞ。

「坑道の空気はかなり濁《にご》っています。魔物は平気かもしれませんが、人間には深刻なダメージを与えますわ」

「それなら安心して。僕はガスが検知できるから」

密閉空間や地下での作業において、ガス検知は欠かせないスキルなのだ。

工務店のレベルが上がり、こういった能力も開花している。

「さすがはタケル様ですね。これは余談ですが、カニセラは有毒ガスの検知だけのために連れ歩かれるのではございません」

「へー、他にどんな役割が？」

「鉱山労働は厳しいものです。危険なことも多いと聞いております。カニセラは鉱山労働者にとって心の慰めでもあるのです」

「なるほどなあ」

「(そう、私にとってはタケル様が心の慰めであるように……。それにしてもタケノヅカ様がお邪魔ですわね。護衛はまだ私だけでいいでしょうに。でも、タケル様の安全を考えれば、やはりいてもらわなくては困るというもの。……チャンスはそのうち訪れるはず。狭い坑道で作業とあれば、スキンシップもし放題。ああ、トンネル掘りってなんて楽しいのかしら！）」

「それじゃあ、竹ノ塚は護衛をよろしく。エルニアさんには社員になってもらいますね。よろしくお願いします」

「おう、任せとけ！」

「ぶっ倒れるまでこき使ってください！」

「いやいや、きのした魔法工務店はそんなブラックな企業じゃないよ。疲れたら休んでいいんだからね」


やる気は買うけど、エルニアさんは頑張りすぎるのだ。僕がよく見て、仕事をセーブしてあげないとね。

作業着に着替えてもらい、僕らは仕事に取り掛かった。


日付を跨《また》ぐまで頑張って二百メートルほど掘り進んだ。

天井《てんじょう》には等間隔で照明をつけているので穴の中はとても明るい。

考えてみれば、電線がなくても照明器具が使えるというだけでかなりのチートだよね。

ここまでのところは順調そのものだ。

「おっと、ごめんなさい。またぶつかってしまいましたね」

狭い場所で作業しているので、さっきからエルニアさんに体が当たってしまう。

言っておくけど、変な場所を触ったりしていないからね！

ときおり、肘《ひじ》と肘がぶつかる程度なんだけど、そのたびにエルニアさんはビクリと体を震わせるのだ。

侯爵家のお嬢様だから、こういうことに慣れていないのだろう。

「ハア、ハア、ハア……」

おや、エルニアさんの呼吸が荒いぞ。

「ひょっとして、息苦しいですか？　二酸化炭素の濃度もそれほど上がっていないはずだけど……」

「な、何でもないのです。（言えない……。肉体の接触に興奮しているなんて、絶対に言えませんわ！　それともタケル様は、わざとぶつかっていらっしゃる？　小さな刺激を与えて私を焦らしているのかしら？　そうやって私をメロメロにしてしまうおつもりね）」

「う～ん、そろそろ空気の入れ替えをしておくか」


ただでさえ狭いトンネルの中だ。

近くには魔物だっている。

エルニアさんが緊張するのも当たり前か。

よく見れば顔色もよくないぞ。

のぼせたのか赤くなっている。


「作業を中断して換気装置を取り付けますね。すぐに新鮮な空気が吸えますよ」


一般的な鉱山などでは通風機をつけるみたいだけど、僕は魔法工務店だ。

壁に転送ポータルを埋め込み、換気ができるようにしてしまおう。

内部の汚れた空気を排出すると同時に新鮮な空気を取り込むのだ。

魔力を集めて換気装置を完成させた。


「どうです、少しは楽になりましたか？」

「だめです、もういっそ楽にしてくださいませ」

「はっ？」

「い、いえ、だいぶ楽になりましたわ……」

エルニアさん、顔が上気して、まだ息苦しそうだ。

きっとカニセラみたいに敏感なのだろう。

換気扇は定期的につけていかないとならないな、そう思った。


さらに一時間経ったころ、坑道に三郷さんが戻ってきた。

深夜だというのに眠そうな感じではない。

いくつもの戦いを潜《くぐ》り抜けて、三郷さんも成長しているのだろう。


「竹ノ塚、交代だよ」

「おう、よく来てくれたな」

護衛はクラスメイトが交代でしてくれることになっているのだ。


「キノちゃんたちには差し入れを買ってきたよ」

三郷さんはそう言ってコンビニのレジ袋を広げた。

「飲み物とサンドイッチとお菓子。やっぱ二十四時間営業は便利だわ」

深夜ということもあり、ちょうど小腹が空《す》いていたので差し入れはありがたかった。

「コーラをもらってもいい？　赤マムリンを割って飲んでみたいんだ」

少しは爽《さわ》やかな感じになるかもしれないじゃない？

「なんでも好きなのを取ってよ」

「悪いね」

「遠慮はいらないよ。こちとら異世界にきてから高給取りだからさ。エルニアさんも遠慮しないでね」

お、赤マムリンのコーラ割りはエナジードリンクに近い味がするな。

疲れた体にぶどう糖果糖液糖が染み込んでいく。

僕らに夜食を勧めながら三郷さんはメイクを始めた。

「三郷さん、ちゃんと護衛を頼むよ」

「わかってるって。魔物の気配はないから安心して」

三郷さんは鏡から目を離さなかったけど、斥候である彼女は索敵のスキル持ちだ。斥候独自の特殊な攻撃方法もあるらしい。

そこは信頼してもいいだろう。

「コスメだけじゃなくて、鏡もコンビニで買ったんだ。キノちゃんには感謝しているんだよ。しっかり守ってあげるから安心して」

「キノちゃん……？」

コンビニでコスメを買えたのが嬉しかったのだろう。

三郷さんは僕をキノちゃんと呼ぶようになった。

友だちレベルとしては格上げなのかな？

「どーよ、このリップ？」

「いい色だね。似合ってるよ」

「イッシッシッシ、ありがと！」

にんまり笑う三郷さんはかわいかった。

おや、エルニアさんの手が止まっているぞ。

疲れたのかな?

いや違った、メイクをしている三郷さんを見ているんだ。

エルニアさんもやっぱりお化粧とかに興味があるのかな?

この世界にもお化粧はあって、貴婦人たちはみんなやっている。

ただ、質は悪く、肌に有害なものが多いらしい。

そこへいくとヤンデルマートの商品は品質の高い物ばかりだ。

エルニアさんはずいぶん熱心に見ているな。

何を考えているのだろう?


「(タケル様もこのように化粧をした女の人が好きなのかしら? 私は地味すぎるかもしれませんわね。この人のようにもっと派手にすればタケル様も……)」

エルニアさんの視線に気が付いた三郷さんが顔を上げた。

「あ、もしかして興味ある?」

「え、わ、わたくしですか？　その、興味があるというか……」

「イッシッシッシ、遠慮しなくていいってば。やってあげるからこっちにおいでよ」

「で、ですが……」

エルニアさんはずっと働きづめだった。

できればもう少し休憩させてあげたい。

「エルニアさん、やってもらえばいいじゃない」

「タ、タケル様がそうおっしゃるのなら……（やっぱり、タケル様もメイクをした女の子が好きなのね。それなら頑張るしかないわ！）」

エルニアさんは遠慮がちに三郷さんのそばに座った。

「あーしに任せといてよ。どんなのが好み？」

「そうですねえ……。せっかくですから異世界のメイクをお願いします」

「それなら得意だよ！　任せといて」

二人で仲良くメイクを始めたので、僕は作業を再開することにした。

赤マムリンのコーラ割りで魔力も気力も回復したぞ。
夜明けまでに五百メートルは掘り進めたい。
だけど、焦《あせ》りは禁物だ。
坑道は遠いとはいえ、振動でトラップを起動させないように気を付けなきゃ。
地雷などが爆発《ばくはつ》して、こちらのトンネルまで崩落するなんてことだけは避けたい。
神経を集中して、細心の注意を払いながら作業を続けた。

一人で作業して十メートルほど掘り進めたころ、三郷さんが声を上げた。

「できた！　我ながら完璧《かんぺき》」

どうやらエルニアさんのメイクが仕上がったようだ。
さて、どんなふうになったのかな？
三郷さんと同じギャル風？
それとも、しっとりとした大人風？
元の作りが派手だから、ナチュラルな感じも似合いそうだな。
作業の手を止めて出来上がりを確認するために僕は振り向いた。
そして絶句する。

「地雷メイク……」

「どうよ、似合ってるっしょ？」

似合っている、それは認めよう。

はっきり言って、似合いすぎるほど似合っている。

だけど、そこに地雷を置きますか⁉

「タ、タケル様、いかがでしょうか？　異世界ではこのようなメイクが流行しているそうですが……」

ごく一部の界隈《かいわい》でね！

エルニアさんが不安そうに感想を聞いてきたぞ。

どう答えるのが正解だ？

「い、いい感じですね。とても……かわいらしいと思います……」

「よかった！」

エルニアさんは胸の前で手を合わせて喜んでいた。

「実は私も気に入ってしまいました。不思議なのですが、メイクをした方が本物の私という気さえするのです」

おいおい……。

「やり方は三郷様から教わりましたので、私もヤンデルマートで同じ化粧品を買い求めますわ」

じょ、常連さんが増えるのはいいことだ……。

「さあ、気分も上がりましたし、作業を再開いたしましょう」

こうして僕は、地雷メイクをした公国のお姫様と一緒にトンネルを掘る、という貴重な経験をした。

体を揺さぶられて、眠りから覚めた。

ここは……トンネルの中か……。

地面の上に寝ていたせいか、体が少し痛い。

陣幕に戻る時間ももったいなかったので、僕は作りかけのトンネルの中で仮眠をとっていたのだ。

霞《かす》んでいた目が焦点を取り戻すと、タイトスカートから突き出た白い膝《ひざ》が見えた。


「カランさん……？　おはよう……」

「お休みのところを申し訳ございませんが、お時間になりました」

「うん、いいんだ……、起こしてって頼んだのは僕なんだから……」


明け方近くまで作業をして、倒れるようにここで寝たのだ。

三時間くらいは眠れたかな？


「木下君、今、回復魔法をかけるからね」

「あ、今中さん、おはよう」


寝ている間に、三郷さんから今中さんへと護衛が変わったようだ。

今日も笑顔がまぶしいなあ。

「少しじっとしていてね」

今中さんは僕の背中に手を当てて魔法を送り込んだ。

「癒《い》やしの手っていう魔法だよ。穏やかに体力を回復させるにはいちばんなんだ」

「うん、とても気持ちがいいよ。頭の中の霞《かすみ》が晴れていくみたいだ」

さすがは聖女様の魔法だ。

体の怠さがすっかりなくなってしまったぞ。

「うえっ⁉」

一緒に仮眠をとっていたエルニアさんが目だけ見開いて僕たちを見ているぞ。

眠っていると思っていたのに、いつの間に起きたんだ？

「お、おはよう、エルニアさん」

「…………」

「ま、まだ眠いかな？　疲れているだろうからそのまま寝ていてね」

「………幸せそうですね」

心なしか、エルニアさんは憑《つ》かれて見える。

じゃなかった、疲れて見える。

幽霊みたいな表情をしているなあ……。

「エルニアさんも回復魔法をかけてもらうといいよ。今中さん、僕よりエルニアさんをお願い」

誰にでも優しい今中さんはエルニアさんにも丁寧な治癒魔法を施《ほどこ》した。

「ね、気持ちがいいでしょう？」

「はい……（こ、これは男を虜にする治癒魔法だわ。さすがは慈しみの聖女イマナカ様……。でも、こういうおとなしそうな女に限って夜は積極的なのよね。また、男ってそういうのが好きなのよ。昼は貞淑、夜は積極的みたいなの。タケル様もそういう女子が好みなのかしら？　うん、そうに違いない！）」

エルニアさんはぼんやりと今中さんに身を任せている。

きっと話すことさえ面倒なくらい疲れていたのだろう。

労働時間が長すぎた、と反省だ。

きのした魔法工務店はホワイトな企業であり続けたい。


「今日の作業だけど、アイネかセティアに代わってもらうから、エルニアさんは休んでいてね」

「大丈夫です！　イマナカ様のおかげで体力は回復しました。私にやらせてください！　（いっそあの辺の天井が崩れてこないかしら。そうすればタケル様と二人きりになれるのに）」


エルニアさんはやる気を見せるためか、天井部分の強度を確かめだした。

ツンツンつついて、脆《もろ》いところを調べているぞ。

そこまでアピールされたら僕も断りづらいな。

それに誰よりも仕事が速いのがエルニアさんだ。

そのせいで僕もついつい頼ってしまう。


「それでは今日もお願いします」

「かしこまりました。タケル様、もっとわたくしに甘えてくださってかまわないのですよ」


地雷メイクのせいかな？

エルニアさんは優しかったけど、なぜか背中がゾクゾクした。

作業を始める前にカランさんが持ってきてくれた朝ごはんを食べた。

「伯爵のためにアイネが作りました。しっかり食べて頑張ってください」

カゴには、ポットに入ったコーヒー、リンゴのサラダ、グリルドポテト、ショルダーベーコン、クロワッサンみたいなパンなどが入っていた。

朝からボリューム満点だけど、回復魔法のおかげで食欲はある。

「さすがはアイネ、僕の好きなものばかりだね」

「張り切って作っていましたよ。ところで、ピリット将軍から伝言をお預かりしております」

「なにかあったの？」

「敵に動きはございませんが、将軍たちはかなりピリピリしています。そこで、なんとか内部の動きを探れないかとの依頼です」

「つまり、僕に偵察をしてほしいと？」

これまでは魔物に気づかれないように坑道からは離れた場所にトンネルを掘ってきた。

だけど、敵の動向を探るなら近づかなければならないな。

「やはり難しいですか？」

「それがそうでもないよ。一晩掘り続けてなんとなくコツがつかめてきたんだ。音や振動を立てずにトンネルを掘ることも可能だと思う。時間は多めにかかっちゃうけどね」

低騒音工事も、きのした魔法工務店にお任せあれだ。

「わき目も振らずにトンネルを掘るべきだと私は主張しましたが、ピリット将軍たちは平静ではありません。どうしても情報が欲しいといいだしまして……」

「戦闘が長引いて、将軍たちも追い詰められているんだなあ」

もう一度ローザリア軍の作戦を整理してみよう。

まず、僕が岩魔将軍ロックザハットの背後までトンネルを掘る。

捕らえられているヤンデール公爵を救出したら、ロックザハットの背後から奇襲をかけるのだ。

今はまだ魔軍に動きはないけど、いつ戦端が開かれるかはわからない。

だから、できるだけ早くトンネルを掘るべきだとカランさんは考えている。

僕も同じ意見なので努力しているのだが、将軍たちは敵の動向が気になって仕方がないようだ。

トンネルの完成は多少遅れてもいいから、魔軍の動きを探ってほしい、ということだった。

「将軍の頼みを無視するわけにもいかないね」

トンネルの完成が半日延びてしまうけど、首脳陣の願いを聞き入れることにした。

問題は穴をどこへ近づけるかだが……。

「それでしたら、ここがよろしいかと」

エルニアさんの指は地図上のポイントを指し示す。

「ここならトンネルをつなげても気づかれにくいかと」

「小さな部屋があるようだけど、ここはなに？」

「もともとは労働者の休憩所でした。今は倉庫として使われているようです」

資材などが置かれていて、めったに魔物が来ることもないそうだ。

「じゃあ、とりあえずそこを目指して掘り進めるとしよう。坑道が近くなったら三郷さんの力を借りると思うから、伝えといて」

「わかった。疲れたら回復魔法を使うからいつでも言ってね」

今中さんに癒《い》やされて、僕たちは再び穴を掘り進めた。

第四章

ヴォルカン攻防戦・潜入編

トンネルの軌道をずらして坑道の方までやってきた。

エルニアさんも作業に慣れて、トンネルを掘るスピードは上がっている。

これなら、時間のロスは少なくて済みそうだ。

そろそろ魔物のいる場所が近い。

ここからはさらに慎重になる必要がある。

掘削スピードを緩《ゆる》めてなるべく音を出さないように掘り始めると、ちょうどそこへ三郷さんがやってきた。

三郷さんのジョブは斥候だ。

僕が開けた穴から潜入して、情報を得るのが任務である。

「三郷さんのジョブが斥候なのはわかっているけど、単独行動なんて大丈夫なの？」

「そりゃあ、こっちに来たばかりのころは怖かったけど、場数を踏んで慣れてきたよ」

「でも坑道内はトラップとかもあるんでしょう？」

「正面から侵入するとなると厄介《やっかい》だけど、キノちゃんのおかげで行くのは穴の途中からだよ。何と

KINOSHITA MAHO KOUMUTEN
yousai kouryaku mo koumuten ni omakase

かなるっしょ」

心配ではあるけど、三郷さんは偵察のスペシャリストだ。
僕が口を挟むまでもないか。
とにかく今はトンネルを資材置き場につなげることに集中しよう。

資材置き場が近づくと、三郷さんは壁に手をついて目を閉じた。

「何をしているの？」
「魔力の揺らぎを検知してるの。これで魔物の位置がわかるんだ。……坑道はまだ先ね。大丈夫、このまま掘り進めて」
「わかった」

音を立てないようにそっと掘ることを心がけた。

ついに資材置き場の近くまでやってきた。

「おそらく、この土の向こうが資材置き場だよ。もう一メートルもないくらい」

三郷さんが敵の気配を窺《うかが》う。

「うん、部屋の中に魔物はいないね。今なら大丈夫」

僕らはうなずきあって、一気に穴を開けた。

「オッケー、見た感じトラップもないよ」

三郷さんの後ろから僕とエルニアさんも資材置き場に入った。

部屋の中は真《ま》っ暗《くら》で、しんと静まり返っている。

「灯《あか》りをつけてもいいかな？」

「いいけど、用心のために小さいのにしてね」

「豆球ならいいよね？」

○・五ワットのＬＥＤを壁につけた。

「いいな、これ。夜中にトイレに行くとき、足の小指をぶつけなくてすみそう」

「帰ったら三郷さんの部屋もリフォームしてあげるよ」

「キノちゃん、大好き！」


たわいのない会話をしながらも、僕らは慎重に資材置き場を調べた。

そして、とんでもないものを発見してしまう。


「ええっ⁉　なにこれ……機銃？」


かすかなオレンジ色の光に浮かび上がったのは、禍々《まがまが》しいフォルムをした巨大な武器だった。

形は機銃に似ているのだけど、かなり大きい。

戦闘用のスキルを持たない僕でさえ邪悪な魔力の波動を感じられるほど凶悪な代物だった。


「岩魔砲ですわ……」


エルニアさんがかすれた声を出した。

岩魔砲の名前を聞いて三郷さんがうなずく。

「聞いたことはあるよ。土魔法を応用したロックザハットの秘密兵器だね。なんでも一分間に石礫《せきれき》を五百発も撃てるんだって。これでやられた兵士はかなりの数に上るそうだよ。ここにあるのは未完成品みたいだけど……」

「私が知っているだけで、ヴォルカン坑道に岩魔砲は二か所も設置されています」

狭い坑道にこんなものが二か所も！

「竹ノ塚みたいな防御力を持っていればいいけど、一般兵士はひとたまりもないよ。あーしだって直撃すれば……」

三郷さんは吐《は》き出すように言った。

これまで三郷さんがいたのは激戦区だ。

いやというほど死体を見てきたのかもしれない。

僕も戦闘は知っているけど、そこまで悲惨な体験はまだないのだ。

「こんなもの！」

思わず岩魔砲に飛びついていた。

「キノちゃん、なにしてんの？」

「砲身に強力なコンクリートを流し込んでいるんだ」

こんなものを持ち出されたら被害は大きくなるばかりだ。

ひょっとしたら、ロックザハットはトンネル完成前に討って出てくるかもしれない。

岩魔砲なんて使えなくしておいた方がいいに決まっているのだ。

「エルニアさん、岩魔砲が設置されている場所はわかりますか？」

僕は坑道の地図を広げた。

「わかりますが、どうするつもりですか？」

「行って、無効化してみる。三郷さんのステルスは一名の随伴者が可能だったよね？」

「やる気？　おもしろそうじゃない！」

三郷さんは乗り気のようだ。

「僕が潜入に参加してもよいかどうか、とりあえず内線で相談してみるよ」

本部にはいつでも連絡が取れるように、僕はトンネル内に内線を引いてきている。

受話器を上げると、カランさんはツーコールで呼び出しに応じてくれた。

「――というわけで岩魔砲やトラップをつぶしておきたいんだ。所要時間はおよそ二時間ってところだよ」

「伯爵は私がお止めしても言うことは聞いてくださらないでしょう。承知しました。すぐに将軍たちに掛け合ってみます。ただし、将軍の許可が下りないときは諦《あきら》めてください」

カランさんからの折り返しは十分後にかかってきた。

「作戦の許可が下りました。ですがくれぐれも気を付けてください。伯爵がお亡くなりになれば私の出世がなくなります。ついでですが、心の張り合いも失ってしまいますので」

「最高の激励だと受け取っておくよ」

受話器を置いてエルニアさんに向き直る。

「エルニアさんはトンネルの中で待っていてください。すぐに護衛が駆けつけてきますので」

「わ、私も行きます！」

「そうはいきません。偽装のために資材置き場側からトンネルへの穴は塞《ふさ》ぎます。それに三郷さんのステルスに同伴できるのは一人だけなんです」

「………………」

「必ず戻ってきますので」

「わかりました」


エルニアさんを見送ってから、穴を塞いだ。

さすがはきのした魔法工務店、補修作業も完璧《かんぺき》だ。

そこに穴があったとは信じられないくらい自然な仕上がりになっているぞ。


「私たちのやることは二つ」

「敵の動向を探ること、そして岩魔砲やトラップの破壊だね」

「そういうこと。じゃあ、私の肩に手を置いて」

「う、うん……」

「遠慮しないでもう少し近づきなって」

そうしなければステルスの効果が及ばないのはわかっている。

でも、クラスメイトの女子に触るのは緊張するなあ……。

ズボンで手を拭いてから、三郷さんの肩に軽く手を置いた。


「キノちゃん……」

「え、なに？」

「勃起してる？」

「そんなわけないだろう！」


むしろ縮み上がっているよ……。

目指す場所には魔物がうようよしているらしい。

この僕がそんなところに行くなんてね。


「イッシッシッ。まあ、リラックスしなよ。心臓の音を魔物に聞かれちゃうかもよ」

「まじで？」

「冗談。声も足音も、音はすべて遮断するから安心して」

『無音』は逆位相の音波をぶつけて音を消す、三郷さんの超絶スキルだ。

「そんじゃまあ、行ってみますか」

小さな声で三郷さんが呪文を唱えると、認識阻害の魔法が僕らを包み込んだ。

僕と三郷さんは誰《だれ》もいない坑道を進んだ。
魔物は闇《やみ》でも目が利《き》くらしく、坑道内に灯りはほとんどない。
辺りはほとんど真っ暗だ。
かといってフラッシュライトを点灯することはできない。
そんなことをすれば、たちまち魔物がやってくるだろう。

「三郷さんは見えるの？」
「まあね。暗視ゴーグルをつけているみたいな感じだよ」

召喚者の能力はつくづくチートだ。

「っと、次を左に曲がるよ。最初の岩魔砲はそろそろだね」

左に曲がって少し進むと広い空間に出た。

吹き抜けのような場所になっていて、地面から天井《てんじょう》までの高さは七メートルくらいありそうだ。

僕らは空間の上部にいたので、下の方がよく見えた。

「ここは明るいんだね」

階下の壁には松明《たいまつ》が灯《とも》され、周囲を照らしている。

「きっとあれがあるからだよ」

三郷さんが指し示す先に最初の岩魔砲があった。

銃口は下を向けてある。

なるほど、ここから侵入者を狙《ねら》い撃《う》ちにするわけだ。

そんなことはさせるものか！

先ほどと同じように、銃身にたっぷりとコンクリートを流し込んでおいた。

ついでに台座もいじっておくか。

ふむ、この台座は回転機構に歯車が使われているな。

歯車の歯の数は素数同士の組み合わせでなければならないのだけど、どちらも偶数にしちゃったもんね。

これで動くことはないだろう。

無理に動かそうとすれば壊れるだけ、それでも撃てば暴発だ。

「キノちゃん、次に行こう。時間がもったいない」

そう、僕はトンネルを掘らなければならないのだ。

この作戦に許された時間は二時間だけである。

潰《つぶ》した岩魔砲に背を向け、僕らは先を急いだ。

少し進むと魔物が多くいるエリアになった。

昆虫型や動物型の魔物がうようよしている。

魔物をこんなに近くで見るのは初めてだけど、どれも凶悪そうな顔をしている。

うわ、カマドウマみたいな魔物がいるぞ。

強そうな顎をしているなあ。

あんなのに噛《か》まれたら骨までバリバリと食べられてしまいそうだ。

本当にこちらが見えていないのか？

足音を聞きつけられない？

動物の鼻は敏感なんじゃないのか？

不安に押しつぶされそうになる僕はついつい三郷さんとの距離が近くなってしまう。


「近いって」

「ご、ごめん」

「視覚、聴覚、嗅覚、あらゆる感覚に捉《とら》えられないようにしているから心配しなくていいよ。魔力切れ対策として赤マムリンも持ってきたしね」


ステルスを使うと大量の魔力が消費されてしまうのだ。

だから、連続使用時間は一時間強が限界だったけど、セティアのおかげで二時間半にまで伸びている。

僕は大きく深呼吸して心を落ち着けた。


「大丈夫そう？」

「ごめん、もう平気だよ」

「さっきも言ったように、敵に見つかる心配はないからね。でも、体の一部は必ず触れておくように。さもないとステルス効果から外れちゃうから」

「わかった。離さないように気を付ける」


遠慮しながらも、三郷さんの肩に乗せた手に少しだけ力を込めた。


「うん、それでいい。もっとしっかり摑《つか》んでもいいからね」

「じゃ、じゃあ、お言葉に甘えて……」


軽く触れているだけでは危ないので指先にもう少し力を込めた。


「キノちゃん」

「ごめん、強すぎた？」

「勃起してる？」

「してないってば！」

「イッシッシッ、現役《げんえき》女子高生に触れるまたとないチャンスだもんね」


さっきより縮み上がっているよ……。

三郷さんは斥候であって、もう現役の女子高生じゃないと思ったけど、そのことには触れないでおいた。

さらに進むと、またもや魔物がいないエリアになった。
ところが、三郷さんの警戒レベルは上がっている。

「魔物のいないところにはトラップが仕掛けられている確率が高いんだよ」

なるほど、もっともらしい話だ。

「言っておくけど、トラップの解除は下手《へた》だからね」
「そうなの?」
「検知は得意だけど、解除スキルは低いんだよ。それが斥候というジョブの難点かな」

まあ、トラップ解除が得意なら、正面から侵入してトラップを解除しまくればいいだけだもんね。
ローザリア軍はもっとあっさりと勝利できただろう。
それができないから、このように苦労しているのだ。

不意に三郷さんが立ち止まった。


「どうしたの？」

「正面の床……何かある」

「これは、滑る床！」


一見普通の床なのだが、ロールプレイングゲームなどでおなじみの滑る床だった。

ただ、ゲームでは氷の床が多いのだけど、これは薬剤が塗られているようだ。

通路の端には鋭利なとげが突き出した壁がある。

通路はやや傾斜しているので、滑った人はあのとげに串刺しにされてしまうのだろう。


「うわあ、ローションみたいなのがべっとり」

「ローションって……」

「キノちゃん、勃――」

「してないよ！　そんなことより、これを何とかしよう」

後々のことを考えれば、トラップはなるべく解除ないし無効化してしまうべきだろう。

たとえクラスメイトたちがロックザハットを打ち倒したとしても、掃討作戦のために一般兵士はここを通るかもしれないのだ。

「取り払える罠《わな》はできるだけ取った方がいいよね」
「そりゃあそうだけど、時間があまりないよ」
「できる限りでやっておくさ」
「おっけ、見張りはやっておくから、思う存分やっちゃって」

そういうことならやってしまいましょう！

ツルツルの床？
そんなものは防滑施工《ぼうかつせこう》で対処してやる！
滑り止め剤をたっぷり塗布して、これで安心だ。

「キノちゃん、こっちには落とし穴」
「おっしゃぁ！」

埋め立てだって得意だぞ。
大量の土砂《どしゃ》を放り込んで、すっぽり埋め立て完了だ。

「あ、こっちには飛び出す槍《やり》の壁」

「なんぼのもんじゃい！」

解体工事もお任せあれだ。

罠が起動する間も与えずにぶち壊してやる。

見た目はそのままに、でも、槍なんて出ないようにしてやった。

「すごいじゃん！　あーしよりトラップ解除が上手《うま》いんじゃない？」

「たまたまだよ。爆発《ばくはつ》物とかだったらどうしようもなかったと思う。運がよかったね」

こんな感じでトラップを解除しながら進んでいると、前方から声が聞こえてきた。

僕は慌てて三郷さんの肩に手を置いた。

「魔人がいるね。ちょっと行ってみよう」

「うん……」

ステルスの強度を上げて、僕らは声の方へと忍び寄った。

緊張しながら通路を進むと、二体の魔物がいた。

二足歩行のヤモリみたいな魔物だ。

革の鎧《よろい》を身に着け、ラウンドシールドと短槍で武装している。

どうやら荷物の運搬をしているようだ。

魔物たちはしゃべれるようで、しきりと愚痴《ぐち》をこぼしていた。


「まったく、いつまでこんなところに閉じこもってなきゃならないんだ？　久しぶりに外へ出て美味い肉を食いたいなあ」

「バーカ、今出ていったら召喚者の餌食《えじき》になるぞ。向こうには弓の名手がいるんだ。光の聖弓で心臓を射抜かれちまう」


きっと小川由美のことを言っているんだな。


「まあ、それもこれもあと四日の辛抱さ」

「どういうことだ？」

「あれ、お前はまだ知らなかったのか？　あと四日したら一万の援軍がやってくるんだよ」

「おお！　本部に連絡がついたのだな」

「ああ、参謀のフラウダートル様が派遣してくれるそうだ。ククク、人間どもの慌てる姿が目に浮かぶようだ」

「さすがの召喚者も背後から奇襲されれば度肝を抜かれるだろうな」

「ああ、援軍が敵の背後を取ったら我々も討って出るそうだ。人間どもを挟み撃ちだ」


魔物たちは鋭い牙《きば》を見せて笑っている。

吐き気を催《もよお》す奴《やつ》らの口臭が僕たちのところまで漂ってきた。


「なあ、召喚者の肉って美味いのか？　噂《うわさ》によると、召喚者の肉を食えば強くなれるらしいぞ」

「それなら俺《おれ》も聞いたことがある。どうせなら、あの聖女の肉を食ってみたいものだ」


三郷さんがそっと合図した。


「キノちゃん、行こう。早く知らせないと」

「そうだね。でも、残りの岩魔砲はすぐそこだよ。そいつだけはつぶしておこう」


僕たちは岩魔砲へ向かって走った。

そして首尾よく砲身にコンクリートを詰め込んでいく。

先ほどと同じように台座も壊しておいた。


「これで任務完了だね」

「違うよ。無事に帰還するまでが任務です」


三郷さんの言うとおりだ。

目で合図を交わし、僕らは来た道を引き返した。

と、ここまでは順調だった。

必要な情報は手に入れたし、兵器やトラップも使用不能にできた。

だけど、ヴォルカンの穴はそこまで甘くはなかったのだ。


「おい、大変だ！」

前方の闇から魔物の声が聞こえた。


「どうした、敵が攻めてきたのか？」

「そうじゃない。だが、おかしいんだ。起動しないトラップがある」

「どうせ、いつもの故障だろう？」

「いや、一つや二つなら故障かもしれないが、様子のおかしなトラップはたくさんあるんだ」

まずい、バレてしまったか！

ぱっと見ではわからないようにしていたのだけど、この魔物はトラップの点検をしていたようだ。

「ひょっとしたら敵が侵入しているのかもしれないぞ。俺は将軍に報告してくる。お前は警戒を強めさせてくれ」

「わかった！」

やがて、坑道の各所からカチカチと歯を鳴らすような音が響きだした。

きっとこれが魔物にとっての警戒の合図なのだろう。

「これは、ちょっとまずいね……」

三郷さんが緊張している。

「どうしたの、三郷さんのステルスは完璧だろう？」

「敵が警戒をしていなければね。でも、相手がその気なら、こちらもステルスのパワーを上げないとダメなんだ。そうなると魔力消費はさらにひどくなる」

しかも、今回は僕という随伴者がいる。

それだけ魔力消費量も多くなるのだ。


「だったら……」

「急いで帰るしかない」


三郷さんはそう言って赤マムリンを一気に飲み干した。

「ステルスを最大効果で使うから、タイムリミットはもって三十分だよ」

「わかった」

「私に触って離すんじゃないよ」

「了解！」

暗闇《くらやみ》の中で何度も躓《つまず》きそうになりながらも、僕らは先を急いだ。

見覚えのある通路まで戻ってきた。

突入した資材置き場までは残り三百メートルほどだ。

「キノちゃん、私、もう歩けない……」

魔力の枯渇か。

でも、予備の赤マムリンはもうない。

どうにも力が入らないようで、三郷さんはその場にぺたんとお尻《しり》をついてしまった。

ステルスの魔法も解けかけている。

「僕が背負っていくよ。もう少し頑張ろう」

「うん……」

力の入らない人を持ち上げるのは大変だった。

ぐんにゃりとしていて、どこを基点にしていいのかわからなくなるのだ。

それでもなんとか背負い、持ち上げた。

「ごめん。私、重いでしょ?」

「ぜんぜん!」


工務店たる者、ジェントルマンであるべし。

たった今作った社訓である。

半ば三郷さんを引きずりながら、僕は通路を歩いていく。

頼む、頼むから魔物は出てくるな。

祈るような気持ちで百メートル進んだ。


「いざとなったら放り出して逃げていいからね。恨《うら》まないから」

背中のギャルがおかしなことをほざいている。


「現役女子高生をおんぶするなんて機会はたぶんもうないよ。せっかくだから最後まで背負わせてくれ」

「そっか……。じゃあ、好きにしていいよ」


背後でふいに声がした。

人間の発声とは少し違う、どこかヒューヒューとした高い声だった。

「お前たち……？　人間か！」


いつの間にかステルスの効果が切れていたらしい。

資材置き場までの距離は残り百メートル。

体育の時間に計った僕の百メートル走のタイムは一五秒台で、平均より少し遅い。

三年生になって体を動かすことがさらに少なくなったから、じっさいはさらに遅くなっているかもしれない。

だけど、泣き言を言っている場合ではない。

もし捕まれば、僕も三郷さんも死ぬしかないのだ。


僕は振り返りもしないで全力で走った。

魔物の姿を確認する余裕すらなかったのだ。

にもかかわらずスピードは上がらない。

資材置き場の扉まであと七十メートル。


「待て、逃がさんぞ！」

後方でザクザクという足音が聞こえた。
まるで大きなスパイクが地面にのめりこむ音だ。
そんなものが僕の体に刺さったらひとたまりもないだろう。
来るな、来ないでくれ！
僕の願いは虚《むな》しく、足音はどんどん大きくなる。
扉まではもう少し……。
気力と体力を振り絞って僕は地面を蹴《け》った。

金属製の扉を開け、中に入ると、勢いよく扉を閉めた。
この扉には鍵《かぎ》もかんぬきもついていない。
だったら！
三郷さんは背中にぶら下がったままだったけど、僕はお構いなしに魔法を展開した。
溶接工事もきのした魔法工務店にお任せあれだ。
ひときわ大きな紫電がほとばしると、扉はがっちりと固まり動かなくなった。
これで、しばらくは時間が稼げるだろう。
「開けろ！　開けないか！　おい、誰か来てくれ！」

魔物が扉をガンガンと叩きながら叫《さけ》んでいる。

これ以上の長居は無用だな。


「三郷さん、もう少しだから頑張って」


三郷さんに肩を貸して立たせてあげた。

そして、来たときの穴を開けてトンネルへと戻る。

開いた穴はすぐに塞ぎ、向こうからは入ってこられないようにした。

そこに穴があったことすらわからないようにしてある。

十メートル以上にわたってしっかり土砂を詰め込んだから、こちらの存在は探知できないだろう。

もう大丈夫だ。


安堵《あんど》した僕と三郷さんは折り重なるようにその場へ倒れてしまった。

図らずも三郷さんに腕枕《まくら》をする形になっている。


「ハア、ハア、ハア……」

息が切れてなんにもしゃべれないよ。

三郷さんも魔力切れでぐったりしているぞ。

僕にもたれかかったままぼんやりしている。


「ごめん、キノちゃん。疲れて動けない」

「ハア、ハア、ハア……、いいよ、気にしないで」

「ほんと、死ぬかと思ったね」

「うん、やばかった」

「あのね、キノちゃん……」

「ハア、ハア、ハア……、なに？」

「勃起してる？」

「ハア、ハア、ハア、……すこしだけね」

「やっぱり、そうじゃないかと思ったんだ……」


災難から逃れ、緊張が徐々に緩和されていく。

軽口くらいなら、どうにかたたける状態まで回復してきたようだ。

だけど、完全な休息を取るにはまだ早い。

魔物の援軍が迫っていることを知らせ、トンネルの続きを掘る、僕たちにはやらなければならないことがたくさんあった。

「起きて、木下君」


体を流れる心地よい波動と、優しい声に起こされた。

目を開けると今中さんが回復魔法をかけてくれているところだった。

偵察任務から戻った僕はまたもや倒れてしまったのだ。

魔力も気力も体力も消耗していたのだろう。


「僕はどれくらい寝ていたの？」

「二時間くらいかな。気分はどう？」

「うん、すっかりいいみたい。三郷さんは？」

「自分の天幕で寝ているよ。安心して、花梨《かりん》も元気だから」

ああ、そういえば三郷さんの名前は花梨だったな……。

召喚前はそれほど仲良くなかったけど、ともに戦闘を潜《くぐ》り抜けて、仲間意識が深まっている。

三郷さんが元気だと聞いて僕も嬉しかった。

「そうそう、花梨からメモを預かっているの。木下君が起きたら渡してほしいって」

僕は二つにたたまれた小さなメモを受け取った。

『朝立ちしてる？』

すぐにメモを握りつぶす。

「何が書いてあったの？」

今中さんは純真そのものの表情で聞いてくるけど、こんなもの見せられないよ。

それこそ、聖女に対する冒瀆《ぼうとく》だ。

「しっかりやれ、ってさ……」

まあ、そういうふうに解釈しておこう。

「それより、会議の結果はどうなった？」

眠りにつく前に、偵察の結果は内線で報告してある。

敵の援軍は四日後には到着するらしい。

今後の対応をすぐに協議するとピリット将軍は言っていた。

撤退か戦闘継続か、それが問題だった。

「そのことについては私からご報告申し上げます」

カランさんが僕のそばに来た。

「結論から申しますと、将軍たちは撤退に意見が傾いています。ただ、召喚者の皆様は伯爵のご意見を聞いてからと主張しておられます」

竹ノ塚たちはそう言ったのか……。

「ローザリア軍がここへとどまれば敵に挟撃されることは確実です。しかも、その日は満月。日中と言えども魔物の力は飛躍的に高まるでしょう」

「うん……」

「しかも、岩魔将軍ロックザハットが特別な技を使ってくる可能性もあります」

カランさんの心配はもっともだ。

「そのうえでお尋ねします。伯爵はどうされたいですか?」

「僕の気持ちは変わらないよ。たとえローザリア軍が撤退しても、ヤンデール公爵を救出するという目的があるからね」

僕まで引き揚げてしまっては、これまで必死に頑張ってくれていたエルニアさんに申し訳がない。

「安心してください、エルニアさん。ヤンデール公爵をきっと助けましょうね」

「タケル様……」

エルニアさんは泣き笑いの表情になっていた。

今日もばっちり地雷メイクを決めている。

すっかり手馴れて、凄《すご》みのある美しさを醸し出しているぞ。

こういうのを凄艶《せいえん》っていうのかな？

国語の山中先生が言っていたやつだ。

「伯爵の意気込みはわかりました。問題はあとどれくらいでトンネルを作れるかです」

やっぱりそこだよな。

「たとえばだけど、赤マムリンを多用して、さらに寝る間を惜しんで掘れば三日でいける……気はする。もちろん、今中さんの協力が不可欠だけどね」

強制的に魔力を回復させても、体力の方がついていかないだろう。

定期的に回復魔法をかけてもらうしかない。

ただそれでも、三日での完成は確約できない。

「なるほど、ギリギリのところですね。ということで新薬の出番です。セティア」

カランさんに呼ばれたセティアが前に出てきた。

「は、伯爵のために新薬を開発しました。その名も赤マムリン・プレミアです！」

控えめなセティアが少しだけ胸を張っている。

よほど自身があるのだろう。

「赤マムリンを改良したんだね？」

「そ、そのとおりです。赤マムリンの起爆力をそのままに、継続効果を維持することができます。お体に負担はかかるのですが、聖女様が治療されますので……」

なるほど、今中さんがいてくれるという前提のもとに作られた新薬か。

「それにしても、よく新薬を開発できたね。なにかいい素材でも見つけたの？」

セティアはよくぞ聞いてくれたと言わんばかりに目を輝かせた。

「そ、そうなのです！　先日、近くの沼でタイクーンフロッグを見つけまして」

「はぁ？」

セティアはごそごそと自分の肩掛けバッグを漁《あさ》り、そいつを見つけ出した。

「これでございます！」

セティアの白い指にむんずと摑まれているのは巨大なカエルだ。
ウシガエルをもう一回りくらい大きくした感じだな……。

「ヴォルカン周辺の湖沼はタイクーンフロッグの生息地だったのです。そこで、この子の肝臓エキスを赤マムリンにブレンドすることを思いついたのです！」

なにその「褒《ほ》めてください」みたいなお顔は？
いや、よくやってくれたと思う。
本当にありがたいよ。
でもね、蛇と蜘蛛《くも》にカエルが加わるわけだ。
それでプレミアなのね……。
薬の材料はともかく、セティアは僕のために頑張ってくれたのだ。
きちんとお礼は言っておかないとね。

「セティア、ありがとう」

「は、伯爵のおためですから」

ゲテモノではあるけど、これさえあればトンネル工事は間に合うかもしれない。

今までだって蛇と蜘蛛の汁を飲んできたのだ。

今さらカエルが加わったってどうってことないや！

「よし、将軍に内線をつないで。僕から戦闘の継続を説得してみる」

このチャンスを逃せば、せっかく追い詰めた七大将軍の一体を逃がしてしまうこと。

そうなれば、再びこの地を魔物に奪回されてしまうかもしれないこと。

そういったことを説明したうえで、トンネルは必ず期日までに掘ることを約束した。

「お願いです、将軍。僕にやらせてみてください。ギリギリまでやって間に合わないようなら撤退していただいて構いませんから！」

「…………わかりました。キノシタ伯爵のお力にかけてみましょう」

よし、必ず作戦を成功させよう！

決意も新たに燃えていると、セティアがつっと身を寄せてきた。

なんだか困った顔をしているぞ。


「どうしたの？」

「あ、赤マムリン・プレミアのことでお伝えしておかなければならないことがあります」

「ま、まさか副作用があるとか？」

「そ、そのとおりです。ごめんなさい！　赤マムリン・プレミアは非常に強力な薬です。で、ですのでお体の……」


よほど深刻な問題なのか、セティアは言葉を切ってうつむいてしまった。

ひょっとして、今中さんにも治せないほどのペナルティーがあるのか？

「セティア、ちゃんと答えてよ！」

え、セティアが顔を真《ま》っ赤《か》にして涙ぐんでいる。

「怒らないから言ってみて。この薬を飲むと僕はどうなってしまうんだい？」

セティアは耳元に口を寄せてささやいた。

「は、は、伯爵の大事なところが硬くなってしまうのです」

大事なところって……あそこのこと⁉

「そ、それだけ?」

「はい……」

いや、泣かれても困るんですけど。

もっと深刻な症状を考えていたから拍子抜けしてしまったけど、確かに作業はやりにくそうだ。

「し、仕方がないよ。それくらいなら耐えられるから。ところで、このことを知っている人は他にいる?」

伝えてはならない人物が二人いる。

「ご、ご安心ください。内緒にしてあります。私とカランさんと聖女様しか知りません」

「っ！」

今中さんは知っているのか。

なんだか恥《は》ずかしいぞ。

あっ、今中さんが不自然に目を逸《そ》らした！

明らかに会話の内容を察知したな。

まあいい、今中さんは大人だ。

お互いに知らないふりをしておけばいい話だ。

問題は三郷さんとアイネである。

三郷さんはネタとして何度でもいじってくるだろうし、アイネに至っては本当にいじってくるからね……。

この二人に知られなかっただけマシだと思おう。

カランさんに促されて、僕は赤マムリン・プレミアをあおった。

「うあっ、体が熱い……」

セティアが恐る恐る訊《たず》ねてきた。

「いかがですか?」

「うん、腹の底から魔力が込み上げてくる感じがするよ」

言えないけど、体の一部も硬くなってきた。

だけど、これならトンネルを間に合わせることができそうだ。

どんな状況にあってもきのした魔法工務店の工期は絶対である。

死ぬ気で掘りまくるぞ!

「ゲロゲロ!」

ヴォルカンの穴の壁にタイクーンフロッグの鳴き声がこだました。

エルニアの妄想【お人形は私】

エルニアと対峙《たいじ》した魔人の声に微《かす》かな怒りの響きが交じっていた。
タケル様に侵入されてピリピリしているのだわ、エルニアはそう判断したが顔には出さなかった。

「人間どもに動きはないか?」
「前にも話したでしょう。ローザリア軍は援軍を待っているのよ」
「詳しいことがわかったのか?」

前のめりに質問してくる魔人に対して、エルニアは事務的な態度を貫く。

「教える前に確認させて。おじいさまは無事なんでしょうね?」
「ふん、多少元気はなくしているが、生きてはいるぞ。孫に合わせろとうるさくてかなわん。なんなら合わせてやってもいいぞ」

魔人がそこまで言うのならヤンデール公爵は無事なのだろう。

エルニアはほっと胸をなでおろした。

「帰りが遅くなればキノシタに怪しまれるかもしれないわ。面会は今度にしましょう……」

もう少しだ、もう少しでおじいさまを救出できる、エルニアは自分にそう言い聞かせる。

「よかろう。それでは教えてもらおうか」

エルニアは用意していた答えを淡々と語りだした。

「あれから少し調べてみたわ。援軍というのは軍隊じゃなくて召喚者よ」
「新手の召喚者が送り込まれてくるのだな。名前とジョブはわかるか?」
「それも調べてあるわ。名前はヨシダ、爆炎の魔術師と呼ばれているそうよ」
「なんだと!」

爆炎の魔術師と聞いた魔人の狼狽《ろうばい》ぶりはひどかった。

胸の内でエルニアが苦笑したほどである。

「その召喚者なら聞いたことがある。なんでも爆炎龍という技を使うそうだ。そんなものを狭い坑道に撃ち込まれたら……」

「………」

冷ややかな眼差《まなざ》しのエルニアに魔人は質問を重ねた。

「ヨシダの到着はいつになる?」

「当分先みたいよ。なんでも南のマイアミルから来るみたいですから……」

これは偽情報なのだが魔人はその言葉をたやすく信じた。

「では到着には十日以上あるということだな」

「でしょうね。キノシタたちも時間がかかりすぎるって嘆《なげ》いていたから」

「よしよし……。ところで」

魔人は鋭い視線をエルニアに投げかけた。

「昨日、人間どもが坑道に侵入してきた。何か聞いていないか?」

この質問は想定済みである。

エルニアはまたもや用意しておいた答えで応じる。

「斥候というジョブを持った召喚者がいるの。そいつが坑道内を調べにいったみたい。推測でしかないけど、ヨシダに攻撃ポイントを教えるためじゃないかしら」

「そういうことか。小癪《こしやく》な真似《まね》をしおって……」

エルニアは無表情を取り繕い、事務的に言葉を重ねる。

「もうこれくらいでいいかしら？　そろそろ帰らないと本当に怪しまれるわ」

だが、魔人はエルニアを引きとめた。

「最後にもうひとつ訊《き》かせろ」

「なに？」

「その化粧は何だ？」

「え、お化粧？」

意外な質問にエルニアは戸惑った。

この質問は想定外だ。

魔人は首を傾《かし》げながらエルニアの顔を覗《のぞ》き込んだ。

「見慣れぬ風体になった。何か意味があるのか?」

「こ、これはタ……キノシタが好きなメイクよ。こうしているとキノシタはすごく喜ぶの!」

「ほう……」

「まるでお人形みたいだ。こんなに美しいドールは見たことがないって、大変なんだから……」

「そ、そうなのか。やはり異世界人というのはよくわからんものだな。それじゃあ俺はいくぞ」

かぎ爪《つめ》の付いた翼をはためかせ、魔人は夜空へ消えた。

だが、エルニアはそのことに気が付いていない。

「タケル様は、じゃなかった、キノシタはお人形遊びが大好きなの。私のためにいっぱいドレスを用意してくれて着せ替え遊びをするのよ。ちょっとエッチな服もあるけど、私も楽しみながら着替えるわ。そうやって綺麗《きれい》になった私をお膝《ひざ》に乗せてくださるの。今夜はどんなドレスかしら?」

シパタパタパタッ！

今夜も、妄想の翼は音を立てて羽ばたいていた。

◇◇◇

トンネルを掘って、掘って、掘りまくった。

魔力が尽きれば赤マムリン・プレミアを、体力が尽きれば回復魔法をかけてもらって、僕は無敵状態だ。

おかげで作業は進むけど、寝ていないので深夜テンションみたいな感情が続いている。

矢でも鉄砲でも持ってこい！

僕は絶対負けないぞ！

何人たりとも、きのした魔法工務店を止められないのだ！

そんなふうに感情が高ぶっているときに小川由美はやってきた。

クラスメイトが交代で護衛をしてくれているのだ。

いずれこうなることは予想がついていたけど、いざこの状況になってみると居心地《いごこち》が悪かった。

僕たちが付き合っていたことを知っている人間は少ない。

知っていれば竹ノ塚たちも気遣ってくれたかもしれないけど、そのようなこともなく今に至っている。

特に話すこともなかったので僕は黙々《もくもく》と作業を進めた。

だけど、エルニアさんが疲れて仮眠をとると、由美の方から話しかけてきた。

「花梨と仲がいいんだね」

「そうかな?」

「花梨、武尊《たける》のことばっかり話してるもん。からかうとおもしろいとか言ってたよ」

由美がまだ僕のことを武尊と呼ぶのが意外だった。

「一緒に任務を遂行したから、信頼関係は深まったかな。この感覚、由美だってわかるだろう?」

「うん。いきなりこんなところに来て、一緒に戦って、家族とはまた別の絆《きずな》が生まれてるって感じかな」

生と死の狭間《はざま》で、同じ時間を共有した者だけが知る何かがそこにはある。

僕らはまた沈黙した。

ヴォルカンの穴に反響するのは、トンネルを掘る音だけだ。

沈黙を破って由美が言葉を発した。

「まだ……恨んでいるよね……」

作業に没頭している僕は振り返らないから、由美の様子は見えない。

でも、きっと眉《まゆ》尻を下げるあの癖《くせ》は変わらないのだろう。

困ったときはいつもしていた由美の顔をまだ覚えている。

もう鮮明に覚えているわけじゃないけど。


「思い出したら腹は立つよ。だけど、戦いの中で由美が死ぬのは嫌だな。誰にも死んでほしくないし、生き残って幸せになってほしいよ」


由美は自分でなく、あの先輩を選んだ。

その事実は僕にこの上ない劣等感を植え付けた。

少し前まで、それは僕にとって一生消えない心の傷になると思っていた。

だけど、そうじゃなかったんだ。

あの日、スノードラゴンがガウレア城塞を襲った晩、僕は逃げなかった。

工務店の力とかそういう問題じゃない。

僕は仲間を置いて逃げなかった。

その事実が大きな自信になっているのだと思う。

すでに由美に気持ちは残っていない。

こちらに来て一年も経《た》っていないけど、高校生だったことがずいぶん昔のことに思える。

すべてはもう、遠い過去のことだ。

由美は危険な作戦でも、身を挺《てい》して戦っていると竹ノ塚が言っていた。

そのために負傷したこともあると今中さんが教えてくれた。

由美もこちらに来て、人々のために頑張っているのだ。

僕らは恋人ではいられなかったけど、戦友にはなれるかもしれない。


「武尊は変わらないね……」

「そんなことない。僕は変わったよ」

「そうだね。うん、前よりずっと立派になった。今さらだけど、いい男だと思う……」

「おや、口説いているの？」

「まさか。今さら口説いたって武尊はもう振り向いてくれないでしょう？」

「うん」

「そっか……。そうだよね」


少し残酷なくらいにはっきりとうなずいた。

でもこれで、すべてが水に流れた気がした。


「逃した魚の巨大さを知るがいい……」

ぼそぼそと、聞き取りにくい声が聞こえた。

「何か言った？」

「ううん、エルニアさんの寝言みたい」

「ああ、そうか」

振り返ってエルニアさんを見ると、ガッツポーズのまま固まっていた。

おもしろい寝相だなあ。

ヤンデール公国を解放する夢でも見ているのかもしれない。

「よし、もう少し頑張るとするか」

僕は再びトンネルを掘り出した。

嫌な夢を見た。

それはもうひどい夢だった。

僕のトンネルは間に合わず、早めについた魔物の援軍がローザリア軍を背後から襲ったのだ。

鎧を幾本もの槍で貫かれて絶命する竹ノ塚。

体を貪《むさぼ》り食われる今中さん。

カランさんやアイネたちもひどい目に遭っていた。

もうね、最悪中の最悪、これ以上ないくらいドン底の夢だったよ。

で、そこから僕はおかしくなっていった。

仮眠をとることすら怖くなって、不眠のままひたすらトンネルを掘ったのだ。

休憩はご飯とトイレくらい。

アイネが心配して声をかけてくれたけど、僕の心には届かなかった。


「お湯を持ってきましたよ。着替えの前にお体を拭いてさしあげます。すっきりいたしましょう」

「いや、いいんだ……」


竹ノ塚も僕を気遣ってくれる。


「木下、大丈夫だから少し休めよ。偵察部隊から報告があった。魔物の軍勢はまだ到着しないって」

「うん、でも何が起こるかわからないから……」

カランさんも厳しい声で叱《しか》ってくれる。

「伯爵はもうずいぶん寝ていらっしゃいません。少しお休みください」

「もう少しで予定ポイントなんだ。ロックザハットまでもうちょっとだから……」

「でも、最終段階では敵に気づかれないように、繊細な魔力操作が必要になります。今の状態でそれができますか？」

「大丈夫、大丈夫！　一気にいっちゃうから。セティア、追加の赤マムリンをちょうだい」

フラフラの僕は魔法薬と回復魔法に頼って作業を進めている。

赤マムリンの摂取量は倍に増えていた。


「ど、ど、どうぞ」


手渡された薬を僕は一気に飲み干した。

あれ、おかしいぞ？

これを飲めば体が熱くなって目が覚めるはずなのに、なんだか瞼《まぶた》が重くなってきた。

「これ、なんか……へん……」

崩れ落ちる僕の体をアイネが優しく支えてくれた。

「ご自分の体調管理もできない、本当にダメなご主人様。こんなになるまで頑張って……」

アイネもおかしいぞ?

普段なら大喜びするはずなのに、僕のダメな姿を見て泣いている……。

完全に意識を手放す前に、カランさんとセティアの会話が聞こえてきた。


「よくやってくれました、セティア。これで伯爵も少しは寝てくださるでしょう」

「よ、よろしかったのでしょうか? 伯爵をだましてしまいました」

「これも伯爵のためです。責任は私が負います」

僕は違うものを飲まされてしまったの……か……。

回路が途切れるように、プツリと意識が途絶えた。

体の奥から湧き起こる活力を感じて、僕は目覚めた。
今中さんが手と首の付け根に触れながら、魔力を送り込んでくれているところだった。
アイネ、セティア、エルニアさんも心配そうに僕の様子を覗き込んでいる。

「そのままだよ。そのまま体を楽にしていてね」

そうか、眠ってしまったんだな……。
ああ、回復魔法が気持ちいい……。
細胞の一つ一つが生き返るようだ……。
って、おいおい、こんなときにのんびり寝ていたのか⁉
意識がはっきりしてくると、僕は一気に身を起こした。

「何時間寝ていた？　敵の援軍は？」

矢継ぎ早に質問する僕を今中さんは聖女の微笑《ほほえ》みで受け止める。

「四時間くらいよ。敵の援軍もまだ来ていないわ」

「よかった……」

体から力が抜けて、再び手を地面についた。

「だいぶ頑張りすぎたみたいね。精神的に追い詰められていたんだと思う。ストレスを軽減する魔法をかけてみたけどどうかな？」

ストレス？

そういえば、胸の底にあった強迫観念みたいなものがなくなっているような……？

「頭がどうかしていたみたいだよ……。寝たらだいぶスッキリした。たぶん、今ならまともな判断ができると思う」

赤マムリン・プレミアと回復魔法があれば永久機関みたいに働けると思ったけど、それは考えが甘かったようだ。

人間はやっぱり寝ないとダメだね。

脳に深刻なダメージを受けてなければいいけど、平気かな？

今中さんが握っていた手を離した。

「はい、もういいよ。体に不調はない？」

「うん、大丈夫みたい……、おおうっ！」

自分の体を点検していたらとんでもないことがわかったぞ。

「どこかおかしなところがあるの？」

治療を続けようとする今中さんを止めた。

「そうじゃないんだ。ただ新しいスキルを身につけたみたい」

なんと、僕は重機や工事関係車両なんかを出せるようになった。必要なときに呼び出して使うって感じかな。

「重機っていうと、ブルドーザーとかクレーンとか？」

「そうそう、今中さんの言うとおり」

異世界工法に重機は必要ないんだけど、あればあったでありがたいよね。

社員に重機を使う作業を任せたっていいのだ。

重機を呼び出すときは、種類に応じて相応の魔力が消費される。

小型のパワーショベル程度なら魔力量は少なくて済むけど、超巨大な油圧掘削ショベルカーなんかになると、保有魔力量の半分とかを持っていかれてしまうようだ。

今はトンネルを掘らなければならないから、無駄な魔力は使いたくない。

でも、少しくらい試してみたいのが工務店の性というものだ。

というわけで、僕はカタログを開いた。


「お、これなら消費魔力は少なめで済みそうだぞ」


僕が選んだのは魔導モーターで動く運搬車である。

屋根やドアはなく、完全なオープンタイプだ。

前部は一人用の運転席になっていて、後ろに荷台がついている。

最大積載量は八百キログラム。

最大速度は十五キロ。

これなら音もうるさくないから、トンネル内で使用しても平気だろう。

アイネが僕の肩に手をかけながらカタログを覗き込んでいる。

「おもしろそうな荷車ですね」

「だろう？　これをアイネとセティアのために呼び出すよ」

「私たちのために？」

水や地盤の脆《もろ》いところを除《よ》けて掘っているので、トンネルの長さは十キロメートル以上になっているのだ。

それなのに、アイネとセティアは食事や薬を届けるために毎日せっせと往復してくれている。

運搬機があれば二人も楽になるだろう。

「操縦は簡単だから、今後はこれを活用してね」

運搬車を呼び出すとアイネは僕に抱きつき、セティアは泣いてしまった。

「わ、私、こんなことをしていただく資格がありません。私は、こともあろうに伯爵にお薬を盛ってしまいました！」

セティアはずっとそのことを気に病《や》んでいたようだ。

「いいんだよ、僕のためにやってくれたんだろう？　おかげでまだまだ頑張れそうだよ」

極度の緊張を経てレベルが上がったのかな？
おかげで便利なスキルを身につけた。
だけど、あのまま暴走していたら、きっと失敗をしていたんだろう。
休ませてくれたみんなには感謝しかない。
前線基地へ帰っていく二人を見送ってから、僕はトンネル掘りを再開した。

第五章

ヴォルカン攻防戦・決戦の時

魔族の援軍が到着する二日前、僕らはついにトンネルを坑道奥までつなげた。

ロックザハットの執務室はすぐそこのはずだ。

ヤンデール公爵が捕《と》らえられている牢屋《ろうや》も近い。

掘りつなげるのに、残り一時間もかからないくらいだろう。


「ついにここまで来ましたね……」


ずっと作業を手伝ってくれたエルニアさんが涙ぐんでいる。

おじいさんとヤンデール公国を解放するためにずっと頑張ってきたのだ。

狭い穴蔵の中で、ろくにお風呂《ふろ》も入れず、つらい労働に耐えてきたけど、それももう少しで報われる。


「よく頑張りましたね、エルニアさん」

「タケル様のおかげです。私はどうやってご恩返しをしたらよいでしょう？（言って！　だったら

KINOSHITA MAHO
KOUMUTEN
yousai kouryaku mo
koumuten ni omakase

俺《おれ》の女になれと言ってくださいましっ！）」

「お礼なんていらないですよ」

「そんな……（チッ！）」


感動のせいだろうか、エルニアさんは両手で顔を覆《おお》ってうつむいてしまった。


「まだ公爵を救出できたわけじゃありません。先を急ぎましょう」

「キノちゃん、私が認識阻害の魔法で補助するから、坑道が見える覗《のぞ》き穴を作ろうよ」


三郷さんの提案で、覗き穴を作ることにした。

敵に気づかれないように注意を払いながら、まずはトンネルを坑道の上までつなげる。

「よし、天井《てんじょう》部分に小さな穴を掘るよ。認識阻害の魔法をお願い」

魔力を流し込んで直径一センチほどの穴を開けていく。

魔法のおかげで異変に気が付く魔物はいないだろう。

ただ、石や砂が下にこぼれないようには気を付けた。

三郷さんの補助があるとはいえ、小石が頭に当たればさすがにバレてしまう恐れがあるからね。

「よし、穴が開いたぞ」

「え〜、これじゃあなんにも見えないよ」

穴は一メートル以上あり、細くて長い。

覗き用としては役に立たないのはわかっている。

「穴の先端に超小型のカメラを取り付けるんだ」

「さすがはキノちゃん、覗きのプロ！」

「それは斥候の三郷さんだろう？　僕は覗きのプロじゃなくて工務店ね」

カタログからカメラの一覧を開いた。

「これがいいんじゃない？」

「お、便利そうだね」

三郷さんが選んだのはパイプカメラと呼ばれるタイプのものだ。

お医者さんが使う内視鏡にも似ている。

工務店も、床下や屋根裏、壁の裏側なんかを検査するときに使うことがある。
五インチのスクリーンもついているから便利だろう。
魔力を消費してパイプカメラを作り出し、さっそく穴に通した。

「奥に来たからかな、ここら辺は随分整備されているぞ」

モニターに映《うつ》し出された通路は広く、部屋数も多くなっている。
その分だけ行き交う魔物も多くなっているなあ……。
一緒に覗いているエルニアさんに確認を取った。

「公爵が幽閉されている場所はこの先を左だよね」
「そうです。おじいさまはその先の牢にいるはずですわ。気をつけてください。正面の扉は岩魔将軍ロックザハットの居室ですから」

いよいよか……。
すでに内線で竹ノ塚たちには連絡済みだ。
まもなく、みんなそろうだろう。
そうなれば最後の作戦が開始される。

トンネルの中で待っていると、運搬車が近づく音が聞こえてきた。

運転は竹ノ塚、荷台には今中さんと由美が乗っている。

「お疲れさま。ついにこの時がきたね」

今中さんは元気よく荷台から飛び降りた。

今日も聖女オーラ全開だから、見ているだけで心が洗われるようだ。

「まずは親玉の面を拝んでやろうぜ」

竹ノ塚はそう言ったけど、僕は先に公爵を救出することを主張した。

まんがいちロックザハットを討《う》ち取れなくても、侯爵の救出は確実に成功させたかったからだ。

「確かに、公爵救出の方が簡単だもんな」

「私もキノちゃんに賛成」

みんなの同意を得たので、まずは牢屋に向けてトンネルを掘り進めた。

掘り進めること十五分、侯爵の牢屋近くまでやってきた。

再びパイプカメラを使って牢屋と周辺を調べていく。

牢屋の周囲は暗かったけど、赤外線搭載のカメラなので映像はくっきりしている。

これ、本当に便利だな。

潜入作戦などに携わる特殊部隊がいるのならプレゼントしてあげたいくらいだ。


「見張りは魔物が一体だね……」

「え、モニターには映っていないけど……？」

「岩のところに擬態している奴《やつ》がいるんだよ。キノちゃんもまだまだ甘いな」


さすがは斥候の三郷さんだ。

僕だけだったら見落として、敵に殺されていたかもしれない。

これを戒めとして気を引き締めるとしよう。


僕が開けた穴から由美が飛び出し、一撃のもとに魔物を葬り去った。

聖弓の射手の名は伊達《だて》じゃないな。

その気になれば最大射程は五千メートルにも及ぶらしい。

今は威力を相当抑えて撃ったそうだ。

やはり戦闘ではクラスメイトたちには敵《かな》わない。

僕は僕の仕事をするとしよう。

トンネルを牢屋の内部につなげた。

うまい具合に、ここには光が届いていない。


「おじいさま」


エルニアさんが声をかけると暗闇《くらやみ》の中で影が揺れた。

「その声……、まさかエルニアか？」

「おじいさま！」

エルニアさんは牢屋の中に駆け込み、公爵に縋《すが》りついた。

「おお、エルニア！　どんなに会いたかったか……」

感動の再会に水を差すのは気が引けたけど、僕は声をかけた。

「お静かに、魔物に気づかれてしまいます」

エルニアさんと公爵は声を潜《ひそ》めた。


「申し訳ございません」

「これはすまなかった。ところで貴殿は？」

「詳しいことはトンネルの中で。すぐに移動しましょう」


エルニアさんと公爵に肩を貸してトンネル内へ移動した。

それから穴をしっかりと塞《ふさ》ぐ。

追跡なんてできないように十メートル以上を塞いで固めておいた。

これでもう安心だ。

エルニアさんと公爵は支えあって立っている。

互いの顔が見えるように照明をつけてあげよう。

でも、公爵は目が慣れていないだろうから明るすぎないように気を付けないとね。

急に明るくしたら失明するおそれもあるらしい。

手元のスイッチでランプを一つだけ灯《とも》した。

オレンジ色の光の中に老侯爵の巨体が浮かび上がる。

肩を貸したときも感じたけど、ずいぶんと大きな人だなあ。

身長は百九〇センチくらいありそうだぞ。


「おお、エルニア！　……なにその化粧？」


そっち？

照明に浮かび上がったエルニアさんの地雷メイクを、公爵は穴のあくほど見つめている。


「こ、これはここのところ気に入っているメイクで……」

「いい！　とてもいいぞ、エルニア！」

「やっぱり⁉　おじいさまもそう思われますか？」

「うむ、素晴らしいぞ！　これぞヤンデールの民にふさわしい装いだ。国が復興したら、この文化を広めなくてはならないな」

「そうでございますとも！」


いやいや、復興しても、もっとやることがあるでしょう……。

「ところで、エルニア、この方々は？　私に恩人たちを紹介してはくれんかね？」

「そうでした」

エルニアさんは僕たちのことを公爵に紹介してくれた。

特に僕のことは念入りに……。

聞いていて恥《は》ずかしくなるほど褒《ほ》めちぎってくれたよ。

「なるほど、貴殿らには返しきれない恩ができてしまったのだな」

「そんなことは気にしないでください」

「いやいや、このストーカス・ヤンデール、受けた恩には必ず報いる」

公爵は大きな胸をドンと叩《たた》いてから、僕の肩をがっしりと摑《つか》んだ。

まるで、お前を逃がさないと言わんばかりに……。

「特にキノシタ伯爵にはエルニアを娶《めと》っていただき、ヤンデールの大公になっていただかなくてはなるまい！」

「やだ、おじいさま賢すぎ！」

「じゃろ、じゃろ？」

じゃろってなんじゃろ？

教頭先生がよく言うダジャレが頭をよぎる。

あれはなんだったのだろう？

「いやあ。そういうのはいらないです。僕は工務店であって大公なんて器《うつわ》じゃないんで」

政治や経済のことなんてわからないよ。

たしか経済っていうのは経世済民の略だ。

世の中をよく治めて、民を救うという意味らしい。

経は統治、済は救うという意味ね。

社会の丸山先生が言ってたよ。

そんなだいそれたことを若造の僕にできるはずもない。

「謹《つつし》んでご辞退申し上げます」

「そこをなんとか！」

泣きそうな顔をして言われてもなあ……。

「木下、早く行こうぜ！」

用意を整えた竹ノ塚に声をかけられた。

「時間を空けずにロックザハットの討伐へ行かなくてはなりません。まずは運搬車で避難してください」

まだ最終決戦が残っているのだ。

こんなところで長々と話をしている余裕はない。

ヤンデール公爵もわかってくれたようで、摑んでいた肩をようやく放してくれた。

「ご武運をお祈り申すぞ、婿殿！」

ぜんぜんわかっていないな、この人……。

二人のヤンデール人を見送って、僕らは最終決戦の場へと向かった。

三郷さんの補助を受けながら、ロックザハットの部屋の上まで穴を通した。

認識阻害の魔法が効いているとはいえ、敵の将軍に近づくのは手が震えたよ。

七大将軍は召喚者数人に匹敵《ひってき》する力を持っているという話だからね。

部屋の真上まで来ると、先ほど使ったパイプカメラで内部の様子を確認した。

ごつごつした岩を組み合わせてできたような岩人間が、大きな椅子《いす》にふんぞり返っていた。

身長は二メートルを余裕で超えている。

肩幅だって僕の三倍はありそうだ。

頑丈《がんじょう》そうな鎧《よろい》を付けた姿は、いかにもパワーがありそうだった。

こいつがロックザハットか……。

僕たち四人はモニターを見つめながら息を飲んだ。

ロックザハットは部下らしき魔人と向かい合ってなにやら話し合っていた。


「援軍は予定通りか？」

「偵察に出たガルダンから報告がありました。援軍は予定通り、ここから二日の距離まできております」

ガルダンとは鳥系の魔物のことだな。

ロックザハットはガラガラと大きな笑い声を立ててうなずいた。

「そうか、そうか！　いよいよ明後日は満月だ。俺の魔力も最大限に高まる。ローザリア軍と召喚者たちの最期も近いぞ」

「しかし、大丈夫でしょうか？　敵の中には防御力の高いパラディンもいるようですが」

「パラディンなど恐れるに足りぬわっ！　援軍と挟撃、浮き足立ったところに我が必殺の『火炎岩石流』で攻撃すれば、いかに召喚者たちといえどもひとたまりもない！」

岩魔将軍は山の上から燃え盛る大岩を千個くらい落とす作戦であるらしい。

これは満月の晩にしか使えない大技のようだ。

竹ノ塚のマジックナイトシールドは広範囲に展開する高性能防御魔法だけど、火炎岩石流の衝撃に耐えられるのだろうか？

大岩のすべてを受けきれたとしても、高熱と酸素不足が心配だ。

僕の顔色を読んだのだろう。

竹ノ塚が笑顔を見せる。

「心配すんなって。やられる前にやっちまえばいいのさ」

そのとおりだ。

そのために僕らはここまで来たのだ。

ロックザハットは部下を相手に話を続けた。

「忌々《いまいま》しい召喚者たちを潰《つぶ》せると思うと興奮がおさまらんわい」

「さしもの召喚者も将軍の火炎岩石流の前ではなすすべもないでしょうな」

「うむ。だが、やつらはしぶとい。ひょっとしたら生き残るかもしれんぞ」

ロックザハットは愉快そうに笑った。

「奴らが生き延びるというのに、どうして将軍はそんなに嬉《うれ》しそうなんですか?」

「当たり前だ。もしも瀕死《ひんし》のやつらを見つけたらじっくり手当をしてやるさ」

「ええっ⁉」

「そして、傷が癒えたら拷問してやるのさ」

「なるほど、それは名案だ！　死なせてくれと泣きながら懇願《こんがん》するまで、たっぷりいたぶってやりましょう！」

二人の魔人は拷問について愉快そうに語り合っている。

指を一本ずつ岩ですり潰すとか、石抱きの刑にして、誰《だれ》が最初に泣きを入れるかを賭《か》けるとか勝手なことを言って盛り上がっているのだ。

本当に楽しそうで、心の底からムカついてしまうよ。

「これ以上は聞いてられねえ。さっそく作戦にかかろうぜ」

竹ノ塚の提案を否定するものは誰もいなかった。

ただ、先ほども述べたように七大将軍は強い。

特にロックザハットは怪力の持ち主であり、防御力に関しては七大将軍の中でもいちばんとの情報もある。

単なる奇襲では反撃される恐れがあった。

「そこで僕の出番だね」

攻撃力はもたない僕だけど、落とし穴は得意である。

スノードラゴンをやっつけたという実績もあるのだ。

そこで、今回もロックザハットを穴に落とすことにした。

ただし、ロックザハットは頑丈だ。

むき出しの鉄骨をしかけても、それらを撥《は》ね返してしまうかもしれない。

だから、奴を穴に落としておいて真上から由美が攻撃することにした。

今回のメンバーの中で火力がいちばん高いのは由美である。

反撃の隙を与えずに上から攻撃を加えれば、いかにロックザハットの防御が優《すぐ》れていても、必ず討ち取れるだろう。


「よーし、始めるぞ！」


まず、ロックザハットの部屋の真下に深さ三十メートルの穴を掘った。

底にはむき出しの細い鉄骨を配置している。

スノードラゴンを倒した単純なトラップだ。

ロックザハットの部屋の床はまだそのままで残っている。

あとは『工務店』の力で床を解体してしまえばいいだけだ。

ロックザハットはまだ部下と馬鹿《ばか》話に興じているぞ。

やるなら今しかない。


「みんな、準備はいい？」

竹ノ塚、今中さん、三郷さん、由美の四人はうなずいて、赤マムリンを一息で飲み干した。

全員の魔力は最高値まで上がっている。

「敵の注意を天井にひきつけるよ。三郷さん、ステルスを解除して」

「了解」

僕らの存在を消していた魔法が消えた。

よし、やるぞ。

「くらえっ、必殺、床外し！」

僕の声に驚いたロックザハットは天上を見上げたが、その瞬間に床が消えてなくなった。

「うおぉおおおおっ⁉」

ロックザハットは部下の魔人とともに足元の闇《やみ》の中へ落ちていく。

ややあって、ズシンと腹に響く地鳴りがした。

どうなった……？

五人で穴の底を覗き込むと、ロックザハットが起き上がるところだった。

「死んでない！」

鉄骨はロックザハットに刺さるどころか折れている。
それよりなにより、三十メートルの高さから落ちても平気だなんて……。
だが、これはまだ想定の内だ。

「破邪閃光矢《はじゃせんこうや》」

すかさず由美が攻撃していた。
魔力を具現化した光の矢が穴の底へと放たれる。
最大魔力がこもった由美の必殺技だ。
これで決まったか！
息を殺して見守ったけど、やはりロックザハットは一筋縄ではいかなかった。
すかさず部下の死体を拾い、これを盾にしたのだ。
魔力が送られた部下の体から石の結晶が生え、一瞬で堅固なシールドへと変化した。
破邪閃光矢は召喚者の必殺技だ。

いくら七大将軍が相手であっても、直撃すればひとたまりもない。
だが、硬いシールドがあれば軌道をわずかに逸《そ》らすことは可能だった。
ロックザハットは矢を受け流しながら身をひねって必殺の一撃をかわしていた。

「小川、次を撃て！」

竹ノ塚が叫《さけ》んだけど、大技だけあって破邪閃光矢のチャージには時間がかかる。
反撃はロックザハットの方が速かった。
ロックザハットが地面に手をつくと魔法陣が回転し、岩の裂け目から禍々《まがまが》しい武器が出現した。

「魔岩砲⁉」

一分間に五百発の石礫《いしつぶて》を飛ばす最凶の武器が、僕たちに狙《ねら》いを定める。

「まとめて死ねっ！」

ロックザハットの怒声が穴に響き、銃口が火を噴いた。

竹ノ塚がとっさに張ったマジックシールドが、すんでのところで僕たちを岩魔砲から守った。

数えきれないほどの石礫が砕けて砂礫になっていく。

竹ノ塚のシールドはロックザハットの攻撃を完全に防いでいるけれど、反撃のチャンスがなかった。


「攻撃が途切れないから狙撃できない」


一度は狙撃態勢を取った由美だったが、ロックザハットの速射を避ける形で穴のふちに隠れた。

言ってみれば、ライフル対機関銃の戦いみたいなものかな？

一発の威力は由美の方が上だけど、弾幕を張られて攻撃のタイミングを逸しているのだ。


「あーしのステルスで姿を消して撃てばいいんじゃない？」

「技を仕掛けるときの魔力反応で探知されるよ」


顔を出せば、ロックザハットはすぐに岩魔砲を撃ってくる。

これじゃあ、手の出しようがないぞ。

穴に土をかぶせてしまうという手もあるけど、ロックザハットだって土魔法のスペシャリストだ。

僕が送り込む土砂《どしゃ》を排除してしまう可能性だってある。

だったら……。

「弾が飛んでこなければいいわけだろう?」

「木下、何かいい案があるのか?」

「うまくいくかわからないけど、やるだけやってみる!」

ロックザハットの視界に入らないように気を付けながら、僕は穴の縁に消火栓を次々とつけていった。

これ一つで毎分百三〇リットルの水が出る。

とりあえず十個付けたから毎分千三百リットルの注水が可能になった。

家庭用お風呂の容量は、およそ二百リットル〜二百八十リットルだ。

そう考えれば、穴を水で満たすにはまだまだ足りない。

だけど、ロックザハットは焦《あせ》っているようだぞ。

「な、水だと!? どこから湧《わ》いて出た?」

慌てているな。

土は魔法で操《あやつ》れても、水は得意じゃないのかもしれない。

だが、ロックザハットもばかじゃなかった。

「そんなものは、こうしてくれるっ！」

うわ、岩魔砲で消火栓を狙撃してきたぞ。
内部に仕込んだ転送ポータルを破壊されたら、水は止まってしまう。

「竹ノ塚、消火栓を守って！」
「よっしゃあ！」

竹ノ塚はすぐさまマジックシールドを展開して消火栓を守ってくれた。
これで消火栓を壊されることはないな。
だけど、水はロックザハットの足を覆ったくらいでまだまだ足りない。
僕は無我夢中《むがむちゅう》で消火栓を増やしていく。
流れ込む水の量は徐々に多くなり、ロックザハットの焦りも濃くなってきた。

「くそが！　こうなれば土魔法で……」

ロックザハットは土魔法を展開して自分のいる場所の地面を隆起させようとした。

「くらえっ！」

お、すかさず由美が攻撃を開始したぞ。
大技はチャージの隙ができるから、威力の小さい攻撃を当てにいったな。
すぐに岩魔砲の反撃を受けたけど、土魔法はキャンセルされている。
よし、少しずつながら水は穴の中を満たし始めた。

「クッ、このままでは……」

よし、ロックザハットの膝《ひざ》が水に埋まり動きが目に見えて鈍くなってきたぞ。
この調子でもっと消火栓を増やさなきゃ！

「沈め！　沈め！　沈めぇえええええ！」

消火栓の数は百個を超え、毎分一万三千リットル以上の水が穴の中に注《つ》ぎ込《こ》まれている。
今や一秒でお風呂がいっぱいになる勢いだ。

正確にいくつあるのか、もう僕にもわからない。

とにかく無我夢中だった。

気が付くと石礫の勢いがなくなっていた。

岩魔砲が完全に水没したからだろう。

そういえば聞いたことがある。

銃弾って、水の中だとほとんど威力を発揮しないそうだ。

水の抵抗を受けて推進力がなくなってしまうんだって。

岩魔砲から打ち出される石礫もここまでは届かず、途中で落ちて水の中にぽちょんと戻っていく。

やがて、それさえもなくなった。


「木下君、ちょっと水を止めてみて」


今中さんに頼まれたけど、簡単にはいかなかった。

だって、消火栓は百個以上あるのだから……。

順番に止めていき、最後の一つを閉めるころには、水は穴のふち近くまでせり上がっていた。

竹ノ塚がシールドを張りながら穴の奥を覗き込む。

「だめだ、何にも見えねえ」

穴は三十メートルもあるので底の方はまったく見えない。

三郷さんもステルスで身を隠して穴を覗き込んでいる……らしい。

僕には声しか聞こえなかった。


「あいつ、浮いてこないね」

「体が重いからかな？　魔人って水の中でも息ができるの？」

「さあ？　ただ、索敵しても生命反応や魔力反応は感じられないんだよね」


斥候だけあって、三郷さんの索敵能力は抜群だ。

その三郷さんが反応なしと言っている。


「じゃあ、死んでいるってこと？」

「偽装しているか、仮死状態になっているんじゃなきゃね……」

「水を抜いてみるしかないか……」


そう言うと、四人は緊張した表情でうなずいた。

排水にも転送ポータルを使った。

穴の底部に排水装置をつけて水を抜いていく。

警戒を解かずに見守っていると、三郷さんが声を上げた。


「見えた！」


まだ水の中だけど、ロックザハットが穴の底で倒れている。

ピクリとも動かないけど、本当に死んでいるのか？


「念のために一発撃ちこんでおくね……」


由美が聖弓で攻撃したけど、ロックザハットはうめき声ひとつ漏《も》らさなかった。

死因はまさかの溺死だった。


「すげーじゃねーか、木下。氷魔将軍に続いて岩魔将軍まで討ち取っちまったぜ！」

「ええっ、僕が？」

「うん、すごいよ、キノちゃん」

今中さんも由美もうなずいている。

「いやいやいや、これはみんなで戦った結果でしょう？　僕一人でやっつけたわけじゃないから」

「謙遜すんなって」

本当に謙遜しているわけじゃない。

僕一人が突入していたら確実に返り討ちに遭っていたはずだ。

トンネルの製作だって、ピリット将軍率いるローザリア軍が敵の注意を坑道の入り口に引き付けてくれていたおかげでうまくいったのだ。

でも、カランさんが僕の手柄を喜んでくれるのは嬉しかったな。

いつの間にか坑道の奥深くまでやってきていたのには驚いたけど……。

「カランさん、どうしてここに？」

「私は伯爵のサポート役です。おそばにいるのは当然でしょう」

危険を顧みずに来てくれたんだ……。

任務に忠実であるのだろうけど、僕を心配してくれたからという側面だってあると思う。


「伯爵、お見事でございます」

「ありがとう、カランさん」

「早速報告書をしたためます。皆様の活躍を大々的に伝えましょう。これで私の出世も間違いありません。次のボーナスが楽しみです」


半分は自分のためか……。

でも、カランさん、アイネ、セティアの献身的なサポートのおかげで作戦は成功したのだ。

戦闘って裏方さんの力が大きいと思うよ。

ただ、喜んでばかりもいられないんだよな。


「ボーナスは楽しみだけど、まだやることが残っているよ」

「坑道内にいる魔物の掃討ですね」

「うん、それから魔物の援軍もなんとかしないとね」

掃討作戦は比較的楽だろうという話だった。

こちらが想定していたほど、魔物の数は多くなかったからだ。

背後から奇襲をかければ、半日くらいでカタはつくらしい。

問題は魔物の援軍だ。

そう、援軍はあと二日でここへ来てしまうのだ。

偵察部隊の報告によると、その数はおよそ一万の大部隊である。

対してローザリア軍は千五百。

ヴォルカン坑道に立てこもるとしても、数で押し切られてしまう恐れがあるらしい。

竹ノ塚が悔《くや》しそうにつぶやいた。

「残念だが、ここは撤退するしかねえ。援軍は要請しているけど、到着は三日後になるってよ。一度ローザリア方面まで下がって援軍と合流するか」

魔軍がやってくるまであと二日か……。

「僕に考えがあるけど、聞いてもらえる？」

ちょっと大変だけど、工務店の力を発揮すれば何とかなると思った。

◇◇◇

魔人エモンダは有頂天だった。

エルニアの監視、ロックザハットとの連絡役など、これまでは地味な仕事ばかりを請け負ってきたエモンダが一軍の大将に大抜擢《ばってき》されたのだ。

率いるのは一万にものぼる援軍である。

殺戮《さつりく》の快感を思ってエモンダは身悶《みもだ》える。


「いいか、人間どもは皆殺しだ。一人も生きて返すなよ!」


偵察に出した魔物の報告によると、人間たちはヴォルカン廃坑に突入を試みている最中だというではないか。

ならば、後方の注意は散漫になっているはずである。

まさに千載一遇《せんざいいちぐう》の好機といえた。

現在、七大将軍には空席がある。

死んだブリザラスの後任はまだ決まっていないのだ。

ここで召喚者を血祭りにあげれば、自分がその席に座る可能性もゼロではない。


「進め! 進むのだぁあああ!」

自らの空想に酔いしれながらエモンダは再び全軍に発破をかけた。


森を抜けるとごつごつとした岩が点在する荒野になった。

視界が開け、はるか彼方《かなた》にはヴォルカンの山が見えている。

人間どもは山のすそ野の入り口に集まり、廃坑への突入を試みている。

入り口にあれほどの接近を許すとは、ロックザハット将軍はかなり追い詰められているのだろう。

エモンダの口角が上がり、鋭い牙《きば》がむき出しになった。

ここで人間を蹴《け》散らせば七大将軍の一人に貸しを作ることになる。

エモンダにとって悪いことではないだろう。


「人間どもを八つ裂きにするのだ！」


周囲の魔物は雄たけびを上げてエモンダにこたえる。

魔物たちは怒涛《どとう》の進撃を見せ、一気にヴォルカン山へと迫った。

ところが、先頭を走っていた魔物に何かが飛来し、魔物はもんどりうちながら大地へ転がった。

その一体だけではない。

魔物たちは次から次へと打ち倒されていく。

「なにごとだ⁉」

山の中腹から飛んでくるのは無数の石礫であった。

「あれは……岩魔砲だと！　撃つな！　撃つんじゃない！　我々は味方だぞ！」

エモンダの声は虚《むな》しくヴォルカンの荒野に消えていく。

射撃はやむことなく続き、何十もの魔物が命を散らした。

岩魔砲は山の中腹に据えられた、小さな建物の中から発射されているようだ。

「岩魔砲が人間どもに奪われたのか！　こうなったら仕方がない。力で押し切れ。岩魔砲を破壊するのだ！」

数体の魔物が攻撃魔法を放った。

属性はばらばらだったが、いずれも威力のある魔法だ。

距離があるので、命中精度はよくないだろう。

だが、当たれば岩魔砲は瓦礫《がれき》の下敷きになるはずだった。

ところがエモンダの目論見《もくろみ》は外れる。

「どういうことだ？　なぜ岩の建物が崩れない？」

魔法の直撃を受けたというのに、箱形の建物はびくともしていなかった。

「ギエーッ！」

戦場のあちらこちらで魔物たちが落とし穴にかかっていた。

「人間が仕掛けたトラップか！　くそっ、慎重に進め！」

だが、進撃速度が遅くなれば、それだけ岩魔砲の餌食《えじき》になる味方が増えた。

岩魔砲だけではない。

射程圏内に入ったと見るや、ヴォルカンの山から無数の矢と魔法が飛んできた。

いつの間にやら、山腹にはいくつもの射撃台が取り付けられていたのだ。

「おのれ、人間どもめっ！　とにかく数で押し込め。撤退は許さん！」

エモンダは全軍に向けて命令した。

◇◇◇

フラフラの体をアイネとエルニアさんに支えてもらいながら僕は戦場を見下ろしていた。

ローザリア軍は有利に戦を進めているようだ。

エルニアさんが感心したようにうなずいている。


「やはり、岩魔砲を設置したトーチカの存在は大きいですね」

「うん……」


魔物の援軍を迎え撃つにあたって、僕はヴォルカン廃坑を要塞化した。

坑道の入り口を厳重に封鎖し、山の中腹にトーチカを三つ置いたのだ。

トーチカというのは鉄筋コンクリート製の防御施設で、銃眼のある開口部以外は壁で完璧《かんぺき》に保護されている。

ガウレア城塞でも使った魔法触媒もコーティング済みだ。

ちょっとやそっとの攻撃では崩れないほど頑丈である。

そしてこの堅牢なトーチカに敵から奪った魔岩砲を設置した。

もちろん壊した魔岩砲や台座は修理してある。

他にも、上方から荒野が狙えるように兵士たちの射撃台を設置したり、あちらこちらに罠《わな》を仕掛けたりもした。

丸二日にわたり不眠不休《ふみんふきゅう》で働いたから立っているのもやっとだよ。

「敵の動きが鈍ってきましたわ。トラップの存在で疑心暗鬼になっているのでしょう」

エルニアさんが戦況を説明してくれた。

「それじゃあ、そろそろあれが出動するね」

「タケノヅカ様とオガワ様が張り切っていらっしゃいましたよ。あ、出てきました！」

坑道の入り口が開き、姿を現したのは大きなダンプトラックである。

いわゆる十トントラックと呼ばれるものだ。

運転しているのは竹ノ塚で、荷台には由美と魔法兵の精鋭が乗っている。

聖弓の射手と魔法兵を乗せることによって、僕らは十トントラックをガントラックにしてしまったのだ。

これは竹ノ塚のアイデアである。

ガントラックとは運転席や荷台に装甲を施《ほどこ》し、機関銃、機関砲、グレネードなどで武装したものだ。

今回用意したトラックに装甲はないけど、竹ノ塚がマジックシールドを展開して防御力を極限まで上げている。

その防御力は鋼板の比ではない。

ひょっとしたら戦車より頑丈なんじゃないかな?

一発くらいならミサイルの直撃だって耐えられるかもしれない、とまで竹ノ塚は言っていた。

攻撃力だってすごいぞ。

荷台には由美と四十名の魔法兵が乗っているので三百六十度の同時攻撃が可能なのだ。

これが戦場に向けて走り出した。

しかも、僕らはもっと恐ろしいガントラックを持っている。

それこそが三郷さんが運転する二番機である。

こちらはピックアップトラックに岩魔砲を積んだものだ。

岩間砲の威力はご存じだろう?

だけど、これの真価はそこではない。

この二番機はステルス機なのだ。

そう、三郷さんの能力を使いトラックを完全に見えなくしているのだ。

荷台に乗れるのは一人だけだけど、これは恐ろしいぞ。
まったく見えないところから攻撃を受けるのだからね。
三郷さんが僕に向かって大きく手を振り、二番機も発進した。
白い車体はすぐに見えなくなってしまう。
そうそう、竹ノ塚も三郷さんも運転免許は持っていないんだよね。
当然、自動車の動かし方なんて詳しくは知らなかった。
だから、二人には工務店の社員になってもらっている。
社員にさえなれば、どの重機でも操縦できることがわかったからだ。
もちろん、技術は経験によって磨かれるけど、とりあえずは大丈夫だろう。

「もう勝敗は決したと言っていいでしょう。タケル様はお休みになったらいかがですか？」
「クラスメイトが命をかけて戦っているんだ。僕だけ寝ているわけにはいかないよ」

最後まで何が起こるかはわからない。
いざというときのためにここで体を休めながら待機しているとしよう。
今は少しでも魔力を回復させないとね。
もうセティアの薬も底をついてしまったのだ。
そうそう、赤マムリン・プレミアの最後の一本は一番機に乗る魔法兵に飲ませたんだ。

攻撃力を少しでも底上げするためにね。

人数分はなかったから、コーラ割りにして配ったんだけど、効果はあったようだ。

体感で攻撃力が一五％ほどアップしたようだ。

それにしても気になることがある。

赤マムリン・プレミアってあれじゃない……、副作用があるじゃない？

うん、飲むと大事なところが硬くなっちゃうあれね。

魔法兵はコーラ割りとはいえ、あれを飲んだんだよなあ……。

今頃《いまごろ》荷台で硬くしているのだろうか？

ストレートじゃないからフル○っきじゃないと思うけど、半○ちくらいにはなっているかもしれない……。

なにはともあれ頑張ってほしいものだ。

こんなくだらない心配ができるくらい、ローザリア軍は圧倒的だった。


ヴォルカン廃坑の戦いはローザリア軍の圧倒的な勝利で幕を閉じた。

ヤンデール公爵も無事に救出されたので公国は再建の道を歩んでいる。

各地に散らばっていた文武の諸侯も都に集まりだしたようだ。

ヤンデール国内の魔物はほぼ駆逐したけど、ピリット将軍が指揮するローザリア軍はいまだにヤンデール公国にとどまっている。

ヤンデール軍の再編にはまだまだ時間がかかるということで、しばらく駐留することが決定したのだ。

竹ノ塚たちは一足早く王都ローザリアに帰還したけど、僕はヤンデール滞在を延長した。

ぶっ通しで働いたせいで、起き上がれなくなってしまったのだ。

根源的な魔力不足が原因なので今中さんの回復魔法でも治せないらしい。

治療法はとりあえず寝る、って感じである。

エルニアさんがヤンデール城に招いてくれたので、一週間ほど静養させてもらった。


ヤンデール城にきて八日目、体中に力がみなぎるのを感じた。

体の奥で枯れかけていた泉が復活した気がする。

これならもう起き上がっても大丈夫だろう。


「うん、元気になった！」

「それはようございました」

「よ、よかったです！」

カランさんとセティアはとても喜んでくれた。

セティアなんて涙を流して喜んでくれている。

それなのに、どうしてアイネとエルニアさんは不機嫌な顔をしているんだろうね？


「もう二、三日くらい寝ていてもいいのですよ、伯爵」

「タケル様のお世話ができなくなってしまいました……」


勝手なことを言わないでほしい。

とはいえ、この二人には大変お世話になった。

僕は動けなかったから、食べるのも、着替えるのも、体を拭くのも、それに……排泄《はいせつ》まで介助してもらったのだ。

うん、思い出しても恥ずかしい。

こうしてみると、健康って本当に大切だと思う。

今回は無理をしなければならなかったから、仕方がないと言えば仕方がないけど、今後は計画的な作業が必要だと実感した。

元気になった僕は、リハビリもかねて王城の修復を手伝った。

ここも魔物に襲われて、城門や外壁の一部が崩れ落ちていたのだ。

お城というのは、いざというときは住民の避難先になるそうだ。

それが崩れたままでは城下の人も不安な毎日を過ごすことになるだろう。

そう考えて、無償ボランティアの最中である。


「さすがは婿殿、民のことを第一義に考えるとは、まさに王者の鑑《かがみ》！」

「僕は婿ではありません。王様になるつもりもないですよ」


ヤンデール公爵はちょっとしつこい。

何度断っても、僕とエルニアさんをくっつけようとするのだ。

エルニアさんもはっきりと断ってくれればいいのに、恥ずかしがってばかりいる。

そりゃあ、エルニアさんはかわいい。

スタイルだって抜群だ。

何を考えているかわからないことも多いけど、優しくて仕事熱心なところも好感が持てる。

こんな人が恋人だったらすてきだよね。

だけど、結婚となると話は別だ。

僕はまだ十八歳だもん。

「何を言っておるか婿殿。貴族たるもの、十八にもなれば結婚は当たり前ですぞ。儂《わし》が正妻のルルノリアと結婚したのは十六歳でしたな。ちょうどやりたい盛りのころで、毎晩世継ぎ作りに励んでおりましたわい。ルルノリアもノリノリでそりゃあもう――」


公爵は仕事をしながら下ネタをかましてくる。

本日はエルニアさんと公爵が社員になってくれて、井戸を掘りなおしているところだ。

ちょっと意外だったけど、エルニアさんだけでなく公爵も働き者だ。

人を頼むからいいと申し出たのに、自分がやると言ってきかなかった。

しかもまじめで丁寧な仕事ぶりときている。

ずっと下ネタが止まらないのが玉に瑕《きず》だけど……。


「タケル様、どうして井戸なのですか？　蛇口《じゃぐち》を付けた方が早いと思うのですが……」


工務店の仕事に慣れてきたエルニアさんが質問してきた。

もちろん蛇口もつけておくが、まずは井戸なのだ。

「転送ポータルにも経年劣化《けいねんれっか》があります。でも、これは僕にしか直せないアイテムです。井戸だったらヤンデールの技術者でも修繕はできますから」

説明するとエルニアさんは悲しそうな顔になってしまった。

「タケル様はもうヤンデールには戻ってこられないのですね」

「そんなことはないです。呼んでいただけばいつでもどこでも駆けつけますよ！」

大切な友だちのためなら二十四時間どこでも対応、それがきのした魔法工務店だ。

でも、僕がそう言ってもエルニアさんの顔は悲し気なままだった。

ため息をつくのはヤンデール公爵も一緒だ。

公爵は駐留しているローザリア軍を見ている。


「どうしたのですか、ため息なんかついて？」

「お金だよ……」

「お金というと、クラウンですか？」

「うむ、まったく足りないのだ」

公爵の話によるとヤンデール公国はローザリア王国に戦費を払わなければならないそうだ。

魔物を撃退したのはローザリア軍だから、これは仕方のない話である。

ただ、それはかなりの額に上り、すべてを返しきるには何年もかかるとのことだった。

「ヤンデールはもともと小国でな、返済のことを考えると頭が痛くなるわい。婿殿、何かいい知恵はないかのぉ？」

「だーかーらー、僕は婿殿じゃないですよ。でも、戦費なら魔結晶を掘ってお金を作ればよくないですか？」

魔結晶は高値で取引されると聞いている。

「それができれば苦労はせんわい。ヴォルカン山の魔結晶はとっくに掘りつくしているのだ。ヤンデールに他の鉱山はないからのぉ」

「掘りつくしている？　そんなことないですよ」

「へっ？」

「僕、見ましたもん」

「見たって……、何を……？」

ヤンデール公爵とエルニアさんは、穴のあくほど僕の顔を見つめている。

「魔結晶の鉱脈ですよ。すっかり忘れていましたが、ロックザハットを落とした穴の底で見たんです。たしかディアマンテルとかいう魔結晶じゃなかったかな？」

「ディアマンテルだとぉおおおっ！」

公爵が大声を出すので、僕は驚いてしまった。

「た、たぶんです。魔結晶についてはは専門家ではないので」

魔結晶をエネルギー源にする工具、重機、アイテムなんかもあるので多少の知識はある。だけど、それほど詳しいわけではない。

「タケル様、色は？　ディアマンテルの色は何色でしたか？」

「たしか、薄いブルーだったと思うけど……」

公爵とエルニアさんが目を合わせてうなずいているぞ。

「すぐに技師を派遣せねば」

「そうですわね。サンプルを取りませんと」

サンプルというのは地中に細い穴を掘って、魔結晶の存在や密度を調べるのだろう。

「僕も軽くやってみましたけど、かなりたくさんありましたよ。たぶん十年くらい掘っても掘りつくせないんじゃないかな？」

「でかした、婿殿！」

「うえっ！」

公爵に強くハグされてしまった。

「おじいさま、それはわたくしの役目ですわ！」

エルニアさんは笑っているけど目が怖い！

「すまん、すまん。感動でつい抱き着いてしまったわい。もう、いっそ儂と結婚するか？」

「ご遠慮します」

何が悲しくておじいさんと結婚しなくてはならないのだ。

「とにかくめでたい！」

公爵は有頂天になり、エルニアさんは抱きつきこそしなかったけど、遠慮がちに握手を求めてきたくらいだった。

その後の調べで、僕が見つけたのはやはりディアマンテルの鉱脈だとわかった。

しかも最高級とされるブルーディアマンテルだったようだ。

埋蔵量はかなりのもので、ヤンデール公国の復興費用は十分賄えるらしい。

めでたし、めでたしだった。

十日ほどでヤンデール城の外壁補修は終了した。

見た目も美しく、強度もさらに強まった。

住民が避難できるように、水源や防空壕も完備してある。

我ながらいい仕事をしたと、たいへん満足だ。

だけど、作業の中にローザリア王国から何度も帰還を促す書状が届いた。

そのたびに病気療養を理由にして先延ばしにしてきたけど、それもそろそろ限界のようだ。

いよいよ明日は王都に向けて出発しなくてはならない。

エルニアさんともこれでお別れか……。

ずっと苦楽をともにしてきたから、さよならはやっぱり悲しいよ。

思い込みが激しく、しょっちゅう白昼夢を見ているような人だけど、人々を思いやる一途《いちず》なところが好きだ。

せっかく仲良くなれたのにこれでお別れなんだね……。

でも、公女であるエルニアさんが、ずっと国を離れるわけにはいかないだろう。

エルニアの妄想【∞の愛情】

荷造りを終えたエルニアは慣れ親《した》しんだ自室を見回した。

幼《おさな》いころから使っていたこの部屋ともしばしの別れだ。

明日はタケルについて旅立つことをエルニアは決意している。

愛《いと》しい男とともに旅立つのだ。

公女という身分に未練は欠片《かけら》もない。

ただ、年老いたヤンデール公爵を置いていくことだけが気がかりだった。

タケルについて出ていくことを、エルニアはまだヤンデール公爵に話していない。

お許しくださいませ、おじいさま。

私はいかなければなりません。

今後、どんなに辛《つら》い目に遭おうとも、私はタケル様を支え続けなければならないのです。

それこそが、天が私に与えた使命。

そうに違いない！

タケル様を支え、タケル様の好みを知り、タケル様に愛される女になって戻ってまいります。

そのときはかわいい孫の顔を見せますので、どうぞお許しください。

「病《や》めるときも、健《すこ》やかなるときも、死が二人を別《わか》つまでキノシタ・タケルを溺愛することを誓いますか？　はい、沼ります」

エルニアが自問自答して喜んでいると、とつぜん部屋の扉が開いた。

「おじいさま！」

入ってきたのは眼光鋭くエルニアを睨《にら》む老公爵であった。

「エルニアよ……、その荷物はなんであるか？」

公爵の重々しい口調にエルニアは身を震わせた。
だが、公爵の威厳もエルニアを翻意させることはできない。
世のことわざに曰《いわ》く。

『ヤンデールの愛は岩をも溶かす』

それくらい、ヤンデール人は情熱的なのだ。

ちなみに、ヤンデールにまつわることわざは多い。

『振り向けばヤンデール』とか、『寝耳にヤンデール』、『触らぬヤンデールに祟《たた》りなし』などなど、枚挙《まいきょ》にいとまがない。

「答えよ、エルニア。その荷物はなんであるかと聞いている」

「おじいさま、お許しください。私はタケル様とともにまいります！」

エルニアの嘆願に公爵は眉《まゆ》一つ動かさなかった。

「国を捨て、この儂を置いて行くというのだな？」

「……はい」

小さな声ではあったが、エルニアははっきりと迷いなくそう告げた。

その言葉の余韻を感じながら公爵は口を開いた。

「よくぞ申した！　それでこそヤンデール人というものだ」

「おじいさま！　それでは私が行くことをお許しくださるのですか？」

「エルニアもヤンデールの民ならば当然のこと。好きになった相手はどこまでも追いかける。先回りして待ち伏せる。それがヤンデールの民というものだ」

「おじいさま、大好き！」


飛びついた孫娘をヤンデール公爵はしっかりと抱きしめた。

「婿殿についていき、しっかりとご恩を返してくるのだぞ」

「はい！」


二人は涙を流しながら喜びあっていた。

もっとも、エルニアがついていくことをタケルはまだ了承していない。

他国の人々に『うっかりヤンデール』と言われるとおりであった。

◇◇◇

召喚したバンタイプの自動車に全員の荷物を積み終わった。

このハイアースは資材などを運ぶ貨物車だけど、座席を置くこともできる。

定員は最大十名だから、五人で乗っても余裕があるのだ。

そう、僕らは五人で出発する。

なんとエルニアさんが一緒に来ることになったのだ。

一度は断ったのだけど、どうしても恩返しがしたいと押し切られてしまったよ。

「エルニア、風邪《かぜ》ひくなよ……」

「おじいさま！」

涙の別れが済んで、僕はゆっくりとアクセルを踏み込んだ。

「婿殿、エルニアを頼みましたぞ！」

僕は婿じゃないけど、涙にくれる老人の頼みは断れない。

「きっと、無事に帰ってきますからね」

ハイアースは城門をくぐって街道へ向かう道へ出た。

「うわっ！　なんでこんなに人が……？」

城門から続く道には大勢の人が集まっている。

「ヤンデールを救ってくれた英雄にお礼を述べるために集まってきたのですわ。みんなに手を振ってあげてください」

エルニアさんにそう言われて、柄じゃないけどウィンドウを下げて手を振った。

「キノシタ様、ありがとう！」
「キノシタ様、大好き！」
「キノシタ様、俺とキスしてくれ！」

大勢の人に見送られて僕はヤンデール公国を出発した。

きのした
魔法工務店
KINOSHITA MAHO KOUMUTEN
yousai kouryaku mo
koumuten ni omakase

要塞攻略も工務店に
おまかせ

あとがき

このたびは『きのした魔法工務店』の二巻をお読みいただきありがとうございました。あとがきを先に読むタイプの読者様、どうぞ、本作を楽しんでいただければ幸いです。

また、この本を出版するにあたり、イラストを描いてくださったかぼちゃ先生、ご尽力いただいた皆様にも御礼申し上げます。ありがとうございました。

本日、私が住む地域では大雪が降っております。ニュースによると降雪の影響で関東各県では停電も起きているようです。きっと全国的に大変なのでしょう。

山奥に住んでいるので、本日は雪かきを三回もすることになってしまいました。インドア派で体力のない私には少々堪《こた》える一日でしたね。

低気圧が憎い！

こんなとき工務店の能力があれば、雪を融かす電熱線を駐車場に埋め込むところです。それが無理でも、並行世界から除雪機をリースしてくるくらいはできるでしょうね。

ですが、この世界で私に与えられたジョブはラノベ書きであります。残念ながら魔法の力は持っておりません。そんな力があれば、こんなにぐったりはしていないでしょうに……。

ひ弱な自分が憎い！

とは言え、雪かきだって悪いことばかりではありません。運動不足の私にとって、たまの軽作業というのは健康維持に欠かせないものです。

明日も雪は止まないとの予報なので、きっと朝から雪かきでしょう。となれば、嫌でも体を動かし、その結果として抗老化遺伝子（サーチュイン遺伝子）が刺激されて元気になること請け合いです。

ただ、元気になる前に、恐ろしいほどの筋肉痛に見舞われることが予測されます。すでに背中がコチコチです。それなのに私のスケジュールは待ったなしです。

締め切りが憎い！

筋肉痛で泣いていても、時間は関係なく流れていきますからね。

ジョブがラノベ書きの私としては痛みに耐えながら書くしかありません。憎しみを力に変えて書き続けるラノベ作家、長野文三郎《ながのぶんざぶろう》を今後ともよろしくお願いします。

長野文三郎

GAノベル

きのした魔法工務店2
要塞攻略も工務店におまかせ

2024年3月31日　初版第一刷発行

著者　長野文三郎
発行者　小川 淳
発行所　SBクリエイティブ株式会社
〒105-0001　東京都港区虎ノ門2-2-1

装丁　AFTERGLOW
印刷・製本　中央精版印刷株式会社

ISBN978-4-8156-2182-7
Printed in Japan

ファンレター、作品のご感想をお待ちしております。
〒105-0001　東京都港区虎ノ門2-2-1
SBクリエイティブ株式会社
GA文庫編集部 気付

「長野文三郎先生」係
「かぼちゃ先生」係

本書に関するご意見・ご感想は
下のQRコードよりお寄せください。
※アクセスの際に発生する通信費等はご負担ください。

https://ga.sbcr.jp/

試読版は
こちら!

第17回 GA文庫大賞
GA文庫では10代～20代のライトノベル読者に向けた
魅力溢れるエンターテインメント作品を募集します！
書く、その先へ。
イラスト／はねこと
大賞賞金300万円＋コミカライズ確約！
◆募集内容◆
広義のエンターテインメント小説（ファンタジー、ラブコメ、学園など）で、日本語で書かれた未発表のオリジナル作品を募集します。希望者全員に評価シートを送付します。
※入賞作は当社にて刊行いたします。詳しくは募集要項をご確認下さい。
全入賞作品を刊行までサポート!!
応募の詳細はGA文庫公式ホームページにて
https://ga.sbcr.jp/